Jules et Jim

[法]亨利-皮埃尔·罗什 著

周行 译

江苏凤凰文艺出版社
JIANGSU PHOENIX LITERATURE AND
ART PUBLISHING

儒尔与吉姆

图书在版编目（CIP）数据

儒尔与吉姆 /（法）亨利 – 皮埃尔·罗什著；周行译
. —— 南京：江苏凤凰文艺出版社，2024.1

ISBN 978-7-5594-8066-8

Ⅰ.①儒… Ⅱ.①亨… ②周… Ⅲ.①长篇小说 – 法
国 – 现代 Ⅳ.① I565.45

中国国家版本馆 CIP 数据核字 (2023) 第 199003 号

儒尔与吉姆

［法］亨利 – 皮埃尔·罗什 著　周行 译

责任编辑	曹　波	
特约编辑	马永乐	
装帧设计	墨白空间·杨　阳	
出版发行	江苏凤凰文艺出版社	
	南京市中央路 165 号，邮编：210009	
网　　址	http://www.jswenyi.com	
印　　刷	天津雅图印刷有限公司	
开　　本	787 毫米 ×1092 毫米　1/32	
印　　张	9	
字　　数	98 千字	
版　　次	2024 年 1 月第 1 版	
印　　次	2024 年 1 月第 1 次印刷	
书　　号	ISBN 978-7-5594-8066-8	
定　　价	49.80 元	

江苏凤凰文艺版图书凡印刷、装订错误，可向出版社调换，联系电话 025 – 83280257

目录

第一部分

儒尔与吉姆

1 儒尔与吉姆

时间大约是 1907 年。

儒尔是长居巴黎的外国人，又矮又壮，吉姆是法国人，又高又瘦，两人不怎么熟。儒尔拜托吉姆带他去参加"四大艺术"化装舞会[1]。吉姆想办法为他弄了一张美术学院的学生证，把他带到一家服装出租店。儒尔慢慢翻找衣服，为自己选定了一身朴素的奴仆装扮，吉姆不由得喜欢上了这个朋友。儒尔在舞会过程中安安静静，眼睛睁得溜圆，眼神里满是诙谐和温情，吉姆对他的友

---

1 Bal des Quat'z'Arts，指巴黎国立高等美术学院建筑、绘画、雕塑和雕刻四个专业的学生从 1892 年开始共同举办的化装舞会，风格奢丽大胆，是巴黎夏季最热门的盛会之一，从 1893 年起仅限巴黎国立高等美术学院的在校生、校友及相关艺术家参加。——译者注（本书中的脚注均为译者注。）

爱因此又滋长了几分。

第二天，他们初次深入交谈。儒尔在巴黎没有女友，很想找一个。吉姆则有数个。吉姆给儒尔介绍了一个女音乐家。开始似乎很顺利，相识第一周，儒尔对那个女子有点动情，而她也有点爱上他。后来儒尔觉得她高谈清论，过于脱离实际，她则觉得他热衷嘲讽又不温不火。

儒尔和吉姆天天见面，就各自的母语和本国的文学相互切磋指点，直到夜深。他们互相交换诗作来读并一起做翻译。他们总是不紧不慢地讨论，都觉得对方是自己以前从未有过的最专注的听众。不久，同一酒吧里的常客们开始在背后说他们作风不端。

吉姆带儒尔去一些名流常去的文学咖啡馆。儒尔在那里颇受众人欣赏，吉姆对此非常高兴。在一间咖啡馆里，吉姆碰到了一个女性朋友，她模样漂亮，个子娇小，放浪不羁，比任何诗人都会调情，彻夜厮混到清晨六点。她以高高在上的姿态与男人周旋，以此保持绝对的自由和才思的敏捷，常常一针见血。他们三人曾数次一同约会，儒尔面对她手足无措，她觉得儒尔很和善，但嫌他呆笨，儒尔则认为她风流出众却又令人畏惧。她带来一个老实巴交的女孩介绍给儒尔，儒尔却又嫌弃那女孩太老实巴交。

吉姆觉得自己实在帮不了儒尔，鼓励他单独行动寻觅女友。也许是因为他的法语还不太流利，儒尔一再失败。吉姆告诉儒尔，这并不是语言不通的问题。

他给儒尔讲了一些窍门。

"就像是您把您自己的皮鞋或拳击手套借给我，这些对我来说都不合适。"儒尔说。

儒尔不顾吉姆的反对接触了一些卖笑女子，仍未得到满足。

两人只得重新回归长谈，继续做翻译。

2 吉姆在慕尼黑

此时儒尔的母亲从中欧来到巴黎探望儿子，她年纪大了，但身体仍然健旺。她的到来令儒尔颇为烦恼。母亲仔细检查他的衣物，确保衣服上的纽扣一颗都没掉。她请儒尔和吉姆去最高级的餐馆吃饭，还要求他们穿上礼服，戴上大礼帽。儒尔竭力迎合，母亲最后总算回去了。

三个月之后的一个雨夜，儒尔临时起意为自己和吉姆做了一顿晚餐，就在他租来的带家具的双卧室公寓里。吉姆无意间打开彩釉装饰的烤炉，发现里面居然放着儒尔的礼帽，帽子上落了薄薄一层烟灰。儒尔开心地说："放在这里不碍事，还有一层灰保护它。"吉姆答道："儒尔，我可不是您母亲。"

两人经常去小酒馆吃饭。他们最舍得花钱买的是雪茄，都为对方挑选最好的雪茄。他们常常光顾马约尔音乐厅和蒙帕纳斯剧院，彼时柯莱特[1]在那里很活跃。

儒尔对吉姆滔滔不绝地谈着自己的家乡以及那里的女人。他爱着一个名为露西的女人，向她求过婚，但被拒绝，于是他来到了巴黎，打算六个月之后再回去看她。

"还有一个女人，"儒尔说，"她叫格特鲁德，生活无拘无束，有个漂亮儿子。她懂我，没把我当回事。看，这就是她。"

儒尔从皮夹里拿出一张照片，格特鲁德裸体俯卧在沙滩上，被海边泛起的小小浪花围住，她那一岁的儿子光着身子坐在母亲的臀部上，面朝大海，像坐在城堡上，宛如爱神厄洛斯。

"另外还有一个，丽娜。如果我不爱露西，我可能会爱上她。瞧，她长这样。"

他在大理石圆桌上用细细的笔触慢慢勾画出一张脸。

吉姆一面闲聊一面仔细看了看这张脸，对儒尔说："我跟您一块儿去。""去看她们？""对。""太好了！"儒尔说。

---

1 Sidonie-Gabrielle Colette，1873—1954，法国女作家，以小说出名，后从事戏剧。

吉姆想把那张大理石圆桌买下来，可酒馆老板不答应，说除非把店里十二张桌子全买下。

3 三个美人

为了做好安排，儒尔比吉姆早八天到达慕尼黑，他在这座城市生活过两年，在这三个女人身边。

他为吉姆在老实可靠的人家里租了两间大房，并向他的三个女性朋友宣告了吉姆的到来。他对每个女友描述吉姆时的说法大相径庭，以至于她们三人碰面交流时都不知道他说的是同一个人。

吉姆一到，儒尔就带他去见丽娜，她听说了那张大理石圆桌的事。

令儒尔感到意外的是，茶点还没吃完，调皮漂亮的女孩丽娜已和吉姆达成以下共识：

（一）吉姆一点也不像儒尔描述的那样。

（二）丽娜的脸也不太像大理石圆桌上画的那样。

（三）两人彼此都觉得不错，但为了不浪费儒尔和他们俩自己的时间，他们一致声明，预想中的一见钟情并未发生。

"真羡慕两位如此干脆利落……"儒尔说。

至于露西和格特鲁德，儒尔在城里最摩登的酒吧请她们共进晚餐，把她们俩一起介绍给了吉姆。

脱下外套之后，两个美人相映生辉。她们在浅色木头桌子旁坐下，桌子上被铺上了桌巾，摆上了形状奇怪的玻璃杯。

儒尔的嘴角浮现出一抹幸福而腼腆的微笑，告诉另外三人他们都是他心中重要的人。

气氛如此自在，毫无拘束之感。

吉姆不由自主地说："儒尔，你是怎么做到的？让她们一同出现，两位女士如此不同又如此……"

他没说出口，无声地表明了他的意思：美丽。两位女子心领神会。

儒尔听了很高兴，脸都红了。他正准备回答，格特鲁德扬手示意他不要开口，说道："儒尔是我们的知己，我们的导演。他有源源不绝的想象力和天使一般的耐性。他把我们写进他的小说里，他安慰我们，逗我们开心，对我们献殷勤，但从不强求。他什么都不忘，只忘记了他自己。"

"这赞誉无与伦比!"吉姆叹道。

"所以他一召唤我们,我们就来了。"露西微微地抬起头说。

儒尔谈起丽娜和吉姆会面的失败。这事丽娜已经给她们打电话说过了。

格特鲁德说:"很显然,丽娜和吉姆先生不适合。丽娜是个被宠坏的孩子,吉姆先生不喜欢这种。"

儒尔问:"那他喜欢什么样的呢?"

"我们会知道的。"露西不动声色地说。

她低沉的嗓音第二次钻进吉姆的耳朵里。坐在这两个女人中间他觉得颇为难,希望自己可以一直同时看着她们俩。

仿佛一场梦的开始。

很快,儒尔充分发挥他的组织能力,提议大家完全抛弃互称"先生""女士""小姐"的繁文缛节,以友爱之名畅饮他最喜欢的酒,为了避免太过显眼的勾肩搭背的传统做法,他规定所有喝酒的人在桌下用脚相互碰触。于是他们就这样做了,儒尔乐不可支,立马脱掉了自己的鞋。

一开始吉姆的一只脚挨着格特鲁德的脚,另一只脚则挨着露西的脚，而露西首先慢慢移开了自己的脚。

露西是个哥特式美人，头型狭长。她做每一件事都从容不迫，充分尊重每一时刻的价值，无论对别人还是对自己。她完美的鼻子、双唇、下颌和额头是整整一个省的骄傲，她小时候曾在某个宗教节日装扮为家乡的代表。露西出身于大资产阶级家庭，学的专业是绘画。

格特鲁德三十岁，她的美是希腊式的，天生的运动健将。她不经专业训练就赢得了滑雪比赛，轻轻松松从行驶中的电车跳下来，毫不费力就可站定，让人想见识她的肌肉。她儿子四岁，没有父亲，她不觉得父亲是必不可少的。她以彩画着色为生，收入时好时差。她出身贵族，却被本阶层鄙视，幸而得到一帮艺术家的敬重和宠爱。

这个夜晚如同蜿蜒曲折的河流，万物共鸣，光芒闪动。他们几个人有些共同点，那就是不太重视金钱，同时清醒地意识到自己始终被上帝——格特鲁德称之为魔鬼——把控在手心里。

儒尔口若悬河，可到了凌晨两点，他开始过于自信地谈论灵魂和处境，又讲了一些放肆的笑话，也许是借着这公开的机会说出私底下不敢说的话。他拿两个女性朋友开玩笑，拿他自己开玩笑，还几乎开起吉姆的玩笑。儒尔难道不是为他们三人开启了一扇乐园的大门，而他自己却不敢踏足其中？他是不是有些预感？他的赞美和愉悦之词中开始夹杂一些带刺的嘲弄，当他唠唠叨叨请永恒的天父重新创造世界时，大家都听不下去了。

显然，儒尔是个绝佳的朋友，却是个不太在行的情人和丈夫。他自己再次发觉了这一点，然后借着滔滔不绝的话语掩饰起来。

趁着儒尔起身跑去找小贩买香烟的空当，格特鲁德不无遗憾地说："儒尔自己弄砸了这个大好的夜晚！他总这样。"露西则点点头，显得很宽容。

最后一刻钟在儒尔的东拉西扯里结束。他不给别人开口的机会，拼命想制造气氛，却适得其反。他的三个朋友为他感到难堪，产生了再次见面时不要带上儒尔的想法。

吉姆不曾见识过儒尔这一面，但回想一下，他应该在他们俩以前的交谈中已经觉察到一些痕迹。在那些一对一的谈话里，没有美人在场，所以儒尔是超然的。

把格特鲁德和露西送回家以后，儒尔与吉姆在一个大公园里漫步。晨曦初露时，儒尔平静了下来。

"昨天晚上太美妙了！"吉姆说，"多么胆大的两朵花儿！多么神圣而又凡俗的爱……我以后不想同时和她们两个人见面……"

"我明白您的想法。"儒尔说,"哪一个更让您动心?"

"我被她们迷得还在晕头转向。"吉姆说,"但我不急于弄明白。您呢,儒尔?"

"我更喜欢露西,我向她求过婚,还会再求一次。露西拒绝我之后,格特鲁德安慰了我。我带格特鲁德和她儿子去了意大利海边游玩。她借给了我她的躯壳,但没给我她的爱……你知道吗,吉姆,初见露西时我感到害怕,我不想被爱牵着鼻子。一次登山时她弄伤了脚,让我给她治疗,我给她反复包扎伤口,那时真希望她的脚伤永远都好不了。"

"我明白她这种手段。"吉姆说。

"结果好不了的是我自己的心,"儒尔继续说道,"她康复以后,我斗胆提出和她结婚,她回答:'不——'说得那么温柔,让我仍然心存幻想。"

4　格特鲁德

　　吉姆在自己和露西之间划下了一道界线。

　　经过两周百折不挠而又妙趣十足的追求，格特鲁德终于委身于吉姆。她通常晚上来找他，每周一次或两次。她是个大方的女子。这期间她向吉姆不停地讲述自己的人生故事。她把自己的人生看作一场无止境的对抗上帝的比赛，而她屡战屡败。她给吉姆展示了一个他不曾了解的北欧。她向他倾诉她遇到的种种难题。他们从来不一起入眠——虽然吉姆有时候感觉自己已经困得眼睛都睁不开。她喜欢吉姆聆听的方式，但也不过分看重这点。她迷恋拿破仑，幻想与他在电梯里春风一度，为他生个孩子，但再也不相见。

　　"我们的儒尔挺招人喜欢的！"她说，"在我认识的男人中，没人比他更能理解女人，可是，说到亲热……他爱得太深却又爱得不够。他的精神和肉体不协调。我试过帮他，没有用。露西是他崇拜的偶像，对他很有耐心。儒尔是一个发现者、一个诗人，可是作为丈夫，他的温柔变成了拖累。"

格特鲁德和吉姆出门到树林里散步，直至天亮。他们找到那辆载着她四岁儿子的出租马车，发现他坐在老马车夫身旁，学习拉着缰绳让马大步跑，还学会了甩马鞭说粗话，他那一头金发在风中飘扬。

然后，吉姆回到家睡了一整天，琢磨格特鲁德告诉他的事。

吉姆与格特鲁德都把他们之间的进展告诉儒尔。儒尔还是经常和他们见面，只不过是分开碰头。他与一人谈论不在场的另一人，用自己的方式体会他们的快乐。

5　儒尔与露西

儒尔邀请露西和吉姆一起和他来一次浪漫的林间漫步。他编了个童话故事，故事里露西是仙女，一手挽着儒尔，另一手挽着吉姆，很幼稚又很可爱。吉姆的手亲热地握着露西的手，两人因为这突如其来的亲密而感到尴尬。儒尔则满心欢喜，并没有尖酸刻薄地发脾气。

吉姆收到一个小包裹，他认出包裹上的秀美笔迹后略感吃惊。露西写道："我想单独见你。明天晚上六点钟可以来我家吗？附上大门钥匙。"

这座城里公寓的大门晚上都是上锁的，每个住户有一把钥匙。

吉姆破例提前到达，在门口不停踱步。他的口袋里装着露西给的钥匙，心里想着儒尔和露西。

露西家的客厅不大，装饰着一幅她自己创作的风格朴实的壁画。她简单地招待吉姆。

"我们一直没有机会单独相处。"她说，"我很想跟你聊聊儒尔。你们是好朋友，所以我希望得到你的帮助。他要去我的家乡求我父亲让他娶我，他以为我会同意，其实我不会同意。我恳请您到时候能在场……他不敢开口求你陪他去。"

"为什么？"吉姆问。

"因为……格特鲁德。"她答道。

"我会去的。"吉姆说。

她给他倒了茶。她家里精心挑选的摆设、她的动作、她的声音，都蕴含着一种安静深沉的传统，传达着一种冥想和本分的氛围。吉姆明白了儒尔为什么那么需要她，不仅仅是因为她的美。但她永远不会嫁给儒尔。她是想尽可能减轻儒尔的痛苦吧？他们聊起了儒尔和他的诗。

露西手里有几份她刚刚为儒尔抄写好的诗，再也找不到比这更美的手抄稿了。儒尔认为只有以这种形式他的诗才算真正地诞生。露西的笔迹从容舒展，没有涂改，没有矫饰，也没有瑕疵，一气呵成，笔迹嵌入褐色纸张上细密的纹路之间。

当她用和她的字一样匀称优美的声音朗读儒尔的诗

时，吉姆不由得对儒尔心生羡慕。在她身上，一切都是匀称的。

为什么儒尔要带他进入这个圣殿？

吉姆请求看看她的画。她给他看了。她的画朴素而和谐。

吉姆实在不愿离去，然而午夜已至，他带着对露西如敬神一般虔诚的心告辞。

露西回去与家人团聚了，格特鲁德则带着儿子和一个男性朋友去了乡下。

6 露西与吉姆

一周过后，吉姆和儒尔坐慢速火车去找露西。车程六个小时，车厢里只有他们俩。儒尔看起来有点激动不安，但照常慢吞吞地跟吉姆说起他前一晚做的梦。

"我们，就您和我，小心翼翼地走在一幢正在被拆除的高房子的墙头上，一不小心就会被掉下来的带刺的铁丝挂住。您在前，我在后，牵着跟在我后面的露西的手，她后面是格特鲁德和其他人。您走到墙的尽头停了下来，无法再向前一步。停下来我就感到一阵眩晕。您会不会往回走？忽然您纵身一跃，像撑竿跳一样，只不过您手里没竿。有人发出惊呼，但您稳稳地立住，面带微笑地站在对面六步之外的墙上。就在这时我醒了。"

"您想玩多米诺骨牌吗？"儒尔突然问。

"好。"吉姆答道，其实他不喜欢玩多米诺骨牌。

儒尔从袋子里取出一副特别扁平的多米诺骨牌，是他母亲给他的。他们玩了很久，吉姆玩得很投入，但赢家总是儒尔。打完牌还剩下两个小时。

于是儒尔说起他和露西的事，从初见时说起。她曾经如何因为另一个男人而痛苦、生病，他如何照顾她，又如何逐渐产生和她在一起的希望。吉姆目睹这份爱在儒尔身上产生的巨大威力，忧心忡忡。

到了小城之后，儒尔远远地绕着露西家的房子转悠了一整天，像是朝圣一样。他只见过这座房子一回，那是一个冬夜，仅仅待了几个小时。他渴望看到她在窗口阅读（她可能从来不这么做），想在去她家之前远远地凝望她一回。他们穿过花园的高墙，走过上坡的小巷。为了不被露西看见，他们躲在棚架下喝茶，窥探着那座房子，许久之后，那座房子变得不再真实。从幻梦中惊醒的儒尔感到一阵昏眩，那座房子无处不在。他们走了又走，汗流浃背。

第二天，他们在原地找到了那座房子，坐落在一条平坦的大道尽头，房子轩敞洁白，四周围着一座大花园。吉姆被引见给露西年迈的父亲，他的白发如同光晕笼罩在头顶，十分健谈。露西退到父亲身后，这里的一切井井有条，简洁利落。

露西为儒尔和吉姆在城外一家用圆木搭建的客栈里订了两个大房间。客栈位于一个漂亮的种满葡萄的山坡之上，从那里可以望见她家。他们可以用望远镜打手势互传消息。

他们住在她选好的这个地方等着机会去探望她。他们可以每天都去，但是不能太过打扰她的亲人，也不能在小城里引发太多议论。

他们常常被邀去露西家做客。吉姆在大花园里打网球时身手不凡，比他在客厅里的表现好多了，他在客厅里总觉得无聊。儒尔刚好相反，他喜欢待在客厅，因为他想让露西家的所有人都喜欢自己，至少要讨露西父亲的欢心。房子很大，人来人往，有许多姐姐、侄子侄女、女仆以及纯种狗。露西的母亲很少露面，但她管理着整个家。

他们本来打算待六天，却足足待了六周。儒尔既欢欣鼓舞又惴惴不安，一直没提求婚的事。露西也没有鼓励他这么做的意思。但这样的状态妙极了！

露西的弟弟回来了，他是大学生，机敏好动。他们四个人多次背着背包一起去树木茂密的山上徒步游玩一整天，吉姆或儒尔都偶尔会单独与露西并肩而行。

　　是因为他一直耳濡目染儒尔的爱，还是因为温馨的家庭生活和外省风俗给露西蒙上了美好的光环？或仅仅是因为……露西本身？吉姆不由自主地渐渐爱上了她。儒尔浑然不觉，弟弟心知肚明，露西自己可能也有所察觉，他们三人或多或少地促使吉姆爱上了露西。

　　有一天，在森林里，露西在吉姆身旁走着，突然放慢脚步整理她的高帮登山鞋鞋带，那鞋柔软地包裹着她的脚。她看着远处儒尔和她弟弟走进了一个客栈，便对吉姆说："我们坐一下吧，有的是时间。告诉我您在想什么。"

　　"我想啊，"吉姆说，"其实在儒尔的心里，他现在很幸福。他只想要这一切持续下去，能常常见到你，用理想化的方式爱你，活在希望里。"

　　"您希望我嫁给他吗？"

　　"为了他着想，是的。为了您着想，不是。"

　　"即使为他着想，这也不好。对他来说，我会变成一个糟糕的女人。我推崇他的作品，他为人善良可爱。但他这样坚持要和我结婚，我就是控制不住地恼怒。

　　"吉姆，我也曾极度痛苦，那是在认识儒尔以前，他一定跟您提过。现在他的痛苦让我难过。您是他的朋友，请帮助我来帮他一把。帮帮我吧！"

　　她向吉姆伸出双手，她纤长的手指颤抖不已，眼眶里两颗泪泫然欲滴。吉姆不发一言拥住她，将她抱起来，惊讶地发现她的身体如此轻盈。他抱着她走到一根横倒的树干旁，坐下，把她放在自己的膝头。两人默不作声。他看着离他很近的她的脸庞，努力想着儒尔，可他感觉到露西的发丝掠过自己的嘴唇。

　　"您还爱他吗？"吉姆问。

　　"谁？"

　　"第一个男人。"

　　"也许吧。但已经过去了，应该死心了。您呢？吉姆。"

　　"我什么？"

　　"您曾深深地爱过，吉姆，我可以感觉得到。为什么您没跟她结婚呢？"

　　"没有走到那一步。"

　　"她在哪儿？"

　　"在法国。"

　　"她长什么样？"

　　"纯真，和您一样。"

　　吉姆感觉露西的手臂压得更紧了。

　　"您还爱着她，她也爱着你？"

"是的，但是我们很少见面，虽然我们俩都是自由身。"

"不要让人痛苦，吉姆。"

"出现了另一个新的人。"

"谁？"

"我仰慕您，露西。我总盼着见到您。我怕自己忘记了儒尔。"

"不能忘记他，应该让他知道。"

他们又沉默了。露西背诵了一段诗句：

Alle das Neigen

von Herzen zu Herzen

ach wie so eigen

schaffet das Schmerzen

"您来翻译一下。"她说。

"每当一颗心倾向另一颗心，我的上帝，我的上帝，总是带来巨大的痛苦！"

"不错，"她微笑着说，"虽然'我的上帝，我的上帝'是您平白添进去的——那格特鲁德算什么？"她忽然问。

"格特鲁德……和她只是有趣的游戏。"吉姆说。

露西的一缕卷发被风吹到吉姆的嘴边，吉姆张口咬住。

她弯下细长的脖子，她的唇透过她的发丝吻上了他的。

然后她慢慢地站起来，两人往前走与其他人会合。

他们后来一次又一次去散步。吉姆的心被幸福胀得满满的。露西气色好起来，又变得快乐了。

夏天过得很快。儒尔向露西求婚了，还说不管她的回答是什么，他永远听她任意支配。露西告诉他她颇为感动，但她可能永远不会嫁给他，希望他们之间伟大的友情一如往昔。

儒尔早已预料到了这个结果，但他的脸还是变得惨白。他吻过她的手，告辞了。接着他找到吉姆。

"吉姆，"他说，"露西不要我。我非常害怕失去她，害怕她完全走出我的生活。吉姆，去爱她吧，娶她吧，允许我见她。我的意思是，如果您爱她，不要把我当成阻碍。"

吉姆答道："露西和我之间的情况现在是这样。"他向儒尔详细地描述了这些天发生的事情。

令吉姆意外和高兴的是，儒尔脸色由阴转晴。

他对吉姆说："上次你和露西一起跟她弟弟和表妹对打网球，你们俩看起来就像一对。"

儒尔找到露西，跟她说："吉姆都告诉我了。"他委婉地祝福她，提出要当吉姆和露西的保护人。她回答说："我们的感情才刚开始，应该让它自然发展，就像对待初生的婴儿那样。"

一天晚上，儒尔对他们说："我想跟你们讲讲我的自杀。"他们竖起了耳朵听着，非常担心儒尔会做出这种事。

儒尔开始讲述：

"十五岁的时候，我决定去死。我反锁了自己的房门，在床下放了一个酒精炉，用书本垫高，充当我的焚尸火堆。我点燃炉子，平躺在床上，用刮胡刀片迅速割破手腕的血管（他向他们展示手腕处细细的白色疤痕）。血一下子喷出来，一开始流得很快，后来不流了。我晕过去了。醒过来时，母亲站在我的床头，我的手腕扎着绷带，医生也在……床没被烧掉，但有不少烟从我房间的门缝里冒出，被厨娘看见了，他们就撞门闯了进来。"

"您母亲说了什么？"露西问。

"她一句话都没说。"

"她这样做很对。"吉姆说,"那栋楼有几层?"

"七层。"儒尔答。

"真烧起来会很壮观啊。"吉姆叹道。

"儒尔,"露西说,"您是要把自己的生命献给梦想,这毋庸置疑,可是这样会连累住在您家楼上的孩子,害他们跟您一起烧死。"

"噢!"儒尔不安地回答,"我当年根本没想到这点。"

后来儒尔又说了一件事。

"十岁的时候,我们上学的路上得经过一段空地,堆着黄色填土。男孩子都喜欢故意去踩填土玩。有天早上,就在那儿,一个叫赫曼的同学扯下我的书包扔在地上,冲我的鼻子打了一拳,说:'你是个卑鄙的犹太人。'我流血了,不明白为什么。晚上我的母亲才解释给我听。

"赫曼老在那个地方袭击我,而且只在那个地方,像是某种仪式。我本可以绕一小段路避开那一段,但是我没有,而且我其实挺喜欢赫曼。"

"你喜欢他这个人?"吉姆问,"还是喜欢他打你?"

"都喜欢。"儒尔说。

儒尔对露西说:"吉姆不是很聪明(露西扬起眉毛)。他并不需要很聪明(露西放心了)。他就像一条猎狗,行动全凭嗅觉(露西笑了)。为了在自己身上抓跳蚤,把鼻子都挤扁了……"儒尔打着比方,收不住了(他们爆发出笑声)。

露西接下去说:"他直直地盯着您的眼睛,然后把爪子搭到您的肩上,伸出舌头使劲舔您,把您推倒!他不停地转圈,找到自己的窝躺下。他需要很多年才能稳定下来。"

"那您会等他吗?"儒尔问。

"谁知道呢?"露西说,"不管怎么样,他让我重新振作起来了。"

最后一个晚上,露西答应春天时去巴黎看他们。

"如果我还在痴心妄想,请你们原谅,"儒尔说,"我觉得我的爱永远不会变。我多的是时间可以等待。我盼望露西病倒、被抛弃或者被毁容,到时候我就可以收留她,全心全意照顾她。"

"这些都有可能发生。"露西勉强地笑了笑说。

在火车上,吉姆告诉儒尔他和露西还没有到要结婚的地步。露西适合做贤妻良母吗?他担心她永远也不会拥有世俗意义上的幸福。在他眼里，她像是一个身着白衣的女修道院院长。他将她抱在怀里时总觉得难以置信。她是一个幻象，属于所有男人的幻象，而不是属于某一个男人的女人。

因此，儒尔认为，他们两人之间的爱是相对的，而他自己的爱是绝对的。

7 玛格达

回巴黎几周之后，儒尔有了一点变化，他想摆脱对露西的迷恋，重新对巴黎女人产生了兴趣。吉姆帮他在巴黎某个知名报纸的征婚栏目里发了一则启事，应征的人当中有个叫朱丽叶的来跟他见面。她个子娇小，为人诚恳，深思熟虑，穿着一双白袜配漆皮鞋，眼睛犀利有神、灵活敏锐，令儒尔大为赞叹。他们便带她一起上剧院看戏。

儒尔考虑了二十四小时，准备向她求婚。他说："这是我唯一会的手段，只要成功一次就够了。"露西的影子掠过他的脑海。他没求婚，朱丽叶再也不来了。

儒尔收到某个表兄写来的一封长信，信中说他有个朋友马上到巴黎，是个寡妇，二十五岁，带着年幼的儿子。他问儒尔是否愿意陪她游玩，带她逛逛拉丁区。

这个女人也写了信来，说她等他见面。

儒尔请吉姆吃午饭，给他看了那两封信。他们去杜伊勒里公园散步，在女人住的酒店前等着约定见面的时间到来。儒尔说："这一次我有预感，她可能是属于我的女人。"教堂的钟声传来，他连忙迈着小碎步走进酒店。

第二天，他跟吉姆讲述了经过：

"她待人亲和又温柔，颇有派头，也很老练。她是个有天分的音乐家，又是自由身。我已经有点迷上了。也许她不讨厌我吧？你今天晚上和我们一起去听音乐会，好吗？"

"您要我去做什么？"吉姆说，"你们俩单独在一起不是更好吗？"

"不，不，"儒尔坚持说，"我跟她提到了您，她想认识您。没错，我需要您跟我一起去。"

吉姆就跟他们一起去了。

儒尔介绍他说："这是吉姆。要用英语的方式发音，不能按法语发音，那样听起来不像他。"

玛格达就像儒尔描述的那样，热爱歌唱，知识渊博却没有学究气。他们一起吃了晚餐。她喜欢儒尔，把吉姆当朋友看待。她身上有一种动人的东西。

"总算要成了！"吉姆心想。

一个月之后，她终于委身于儒尔。"终于成了！"吉姆想。他常和他们见面，看到儒尔那么幸福的样子，十分感叹。玛格达重新爱上了生活并且变得光彩照人，亲密关系让她不再沉湎于丧夫之痛。

然而，出现了一些令人不安的迹象。儒尔写了一首诗，主题是以弗所的寡妇[1]。他再次陷入颓废，总是纠结于折磨人的念头，而这些在别人还没觉察之前，就给他自己带来了负面影响。有天深夜，在盖蒂路上一家冷冷清清的咖啡馆里，他断言："最重要的是女人的忠贞，男人的忠贞是次要的。"吉姆心想他是不是想到了露西。

玛格达脸色刷地白了。

"你们两个都是白痴！"她叱责道。

"也许是吧，"吉姆说，"可我什么也没说啊！况且我不完全同意儒尔在凌晨两点说的胡话。"

---

1 La Matrone d'Éphèse，出自罗马抒情诗人与小说家盖厄斯·佩特罗尼乌斯阿尔比特（Gaius Petronius Arbiter, 27—66）的小说《萨蒂里孔》（Satyricon），讲的是一位忠贞的寡妇在墓穴里守着丈夫的尸体，被一旁看守被处死的盗贼尸体的士兵发现并诱惑，最终为了给情人开脱罪行把丈夫的尸体吊上了十字架，顶替被偷走的盗贼尸体。

"那您反对啊！"玛格达说。

"我反对！"吉姆说。

儒尔很惊讶。

"你看吧！"玛格达说。

她拉着儒尔的手臂把他带走了，像带走一个不听话的孩子。

于是吉姆尽量不在他们两人一起时与他们见面。尽管他自己非常忙碌，他还是每天去看儒尔一次。

有天早上，儒尔说："玛格达以为自从她在咖啡馆发脾气，您就赌气不理她了。今天晚上我们想吸乙醚，试试看是什么感觉。她邀请您到她家吃晚饭。"他担心吉姆拒绝邀请。

"谢谢，我一定到。"吉姆说，"我不怎么吸乙醚，我不喜欢这些玩意儿。"

他们坐在地板上吃晚餐，菜肴盛在小小的波斯碗里，面前的壁炉里烧着旺火。

玛格达做了一些家乡冷盘。儒尔用三国语言愉快地大声念诗，玛格达即兴弹起钢琴为他伴奏。窗外冷雨噼啪作响，屋内气氛融洽。

吸乙醚的时间到了。

他们拿起小药瓶，用棉球蘸取，开始深深地吸了起来。吉姆感觉吸进去之后身体出了问题。

"真快活！"一人叹道。

"真快活！"另两人也叹道。

头脑突然一阵清爽，耳朵里嘶嘶作响。极度的舒适感，像是喝得烂醉一样晕晕乎乎。起初那股怪味令人不快，现在他们却一闻再闻。

玛格达大方享用着，吉姆仍然比较克制，儒尔则完全沉浸其中，不断地滥用棉球和药液。

地板上靠垫不够用了，疲懒的四肢需要摆放得更舒适一些。儒尔提议大家一起躺在玛格达的大床上。吉姆和玛格达各自在床的两边躺下，把中间留给儒尔，但儒尔不由分说地把玛格达推到床的中间。

天色已暗，他们继续吸着乙醚，没人发出声音，炉里的火闪着光。

突然，像被蚊子叮咬了一般，儒尔又开始发表他尖锐的言论，谈起一则时下闹得沸沸扬扬的社会新闻，说女人如何表里不一。

"今晚就别谈心理学了，儒尔！"吉姆求他。

"我也表里不一吗？"玛格达问。

"当然，"儒尔笑嘻嘻说，"凡是女人都表里不一。"他继续说着，嘲笑玛格达和他自己，话中不乏陈腔滥调，也有机智妙语。他们想阻止儒尔，但他就是不住口。吉姆努力想站起来，被玛格达一手拉住了。玛格达用手捂住自己的耳朵。儒尔停了一会儿，然后把玛格达的一只手从耳朵上拿开。她任凭他摆弄，以为他要说点好话。他靠过去在她耳边低语，如果不是借着乙醚的劲儿，他绝不会当着吉姆的面这样做的。

玛格达哼了一声。

"开灯，吉姆。"她说。

吉姆找到床头的开关。玛格达表情扭曲，比在咖啡馆那次还严重。

她呵斥道："滚，儒尔！"

儒尔的脸上是毛头孩子折磨小虫子时的那种心满意足。玛格达作为军官的孀妇，口气斩钉截铁，儒尔听到她的话就像士兵听到了命令，噌地一下下了床，脱下玛格达借给他的晨袍，穿上外套，套上鞋，走进客厅。他们听见他打开通往楼梯间的门然后关上了。

吉姆想起身去追儒尔，玛格达把他拉倒在自己身上。她在发气，使劲抱住他。

"玛格达，您只是想报复儒尔，您会后悔的。"

"绝不后悔！而且情愿跟您，不跟别人。"

"这倒没错。"吉姆想，"跟我的话后果没那么严重。"

"不是这样！"然后她开始脱他的衣服。

在乙醚的作用下，他们度过了一个无拘无束的夜晚，几乎不带任何感情色彩，依照儒尔的看法——这不过是瞬间燃烧的火焰，灰飞烟灭不留痕。

早上，玛格达挨着吉姆醒来，问："您不觉得这事正中儒尔下怀吗？"

吉姆答："他那时被乙醚弄昏了头。"

"确实，"她说，"但他昨晚比任何时候都更我行我素。我要他知道他那么说话的后果！拜托您告诉他我们之间发生了什么。"

吉姆去找儒尔，儒尔尚不明白自己为什么被撵走。吉姆一五一十地告诉了他，最后说："我和她一次亲吻都没有。"这一点千真万确。

儒尔去了玛格达家，道了歉，玛格达则没有道歉。他们把事情说明白了，然后又开始如胶似漆。他们与吉姆照常见面，三人之间没有任何隔阂。

儒尔和玛格达去了南部度假，给吉姆寄来十分动人的照片，照片中他们看起来很和谐，有种梦幻感。吉姆觉得儒尔有一线希望。

他们回巴黎后不久，儒尔告诉吉姆："我爱玛格达，但这是习惯，不是至爱。对我来说，她既像个年轻的母亲，又像是个听话的女儿。"

"多妙啊！"吉姆说。

"可这不是我梦想中的爱情。"

"梦想中的爱情存在吗？"

"当然，我对露西的爱就是。"

吉姆忍住没说："因为您没有得到她。"

儒尔接着说："此外，如果一个女人爱上我——我所了解的这个我，我永远不会原谅她，因为这意味着反常和妥协。露西就不这样，因为她对我一点也不接受。"

"每个男人可能都这么想。"吉姆说。

"噢可能——而我，我就是这样想。"

吉姆说："好吧，挺有勇气，值得尊敬。有点像殉道的烈士。这是你人生的轴心。如果露西爱上您……"

"那她就不再是露西。"儒尔答。

玛格达和儒尔的关系持续了八个月，这八个月有时候无比美好。露西来信了，说她要来巴黎，就在即将来临的夏天。

儒尔决定向玛格达开诚布公地谈谈露西。到目前为止，他只提过露西这个人的存在，玛格达以为都已过去了。

　　他带着虔诚坦白了一切，就像那次他把床底的炉子点燃自杀时一样。

　　两天后玛格达回了国。

　　几个月后她再次结婚了。"和一个真正的男人，他稳重且大度。"她在信中这样写道，"我很幸福，对儒尔没有一点怨恨。"

8 欧蒂尔 [1]

在画家们经常聚会的咖啡馆里，儒尔和吉姆一起认识了一个十八岁的北欧女孩欧蒂尔。儒尔家就在咖啡馆附近，她喜欢到他家和他们一起喝茶。她坦言自己离过婚，说的法语乱七八糟。她很直爽，不加掩饰，又极富幽默感，肌肤雪白。

"我，一点也不懂男人和女人的生活，在这里。这里和我的国家相反。这里的人做爱，只要他们想。这很重要。我，想学，在这里。"

儒尔当时还心系玛格达，并不觉得欧蒂尔有任何吸引力。她只是让他觉得好玩，他在家里把她当小猫一样

---

1 欧蒂尔说的法语非常不标准，有很多语法错误，因此本书中的相关译文故意采用错误的语言。

对待。他和她玩骨牌，教她一些瞎编的法文，学得好的话就赏她几根红糖做的零食，她咬得咔咔作响，那时候这种糖便宜得很。

有一次，她在咖啡馆里高声地与儒尔讨论问题："什么？我说'我一屁股[1]（阴性）摔倒在地'，而您要我说'我一屁股[2]（阳性）摔倒在地'！Shocking（难以置信）！您先生，您的屁股阳性；我太太，我的屁股阴性。您在捉弄我。"

咖啡馆里的常客都说她是对的。

又有一天，她在儒尔家，对他说："咖啡馆有好几个，要教我，我不想。我比较想吉姆教我。您建议我什么？"

"吉姆好老师。"儒尔说。

"怎么吉姆觉得我？"

"吉姆觉得您好看的眼睛，好看的嘴，好看的头发，好看的白皮肤，什么都好看。"儒尔答道。他不得不学她的方式说话。

"您觉得他想教我？"

"他想。"

1　原文为 ma derriere，在法语中为阴性。

2　原文为 mon derriere，在法语中为阳性。

"您确定？确定？"

"我确定，确定。"

"您没有想？"

"我没有想。"

"为什么您没有想？"

"我有想教另一个女孩。"

"我认识她？"

"你不认识她。"

她本来还要问："为什么我不认识她？"但是她看了看钟，说："吉姆来今天喝茶吗？"

"吉姆来。"

"如果我们需要，您借我和吉姆您的卧室，今天？"

"我借。"

"我们完全可以用？"

"完全可以。"

"您出去，我对你表示的时候？"

"我出去。"

"您一点不生气？"

"一点也不。"

他们开始玩骨牌。吉姆来了，他们便喝茶。欧蒂尔开始像个小丑一样笨拙地勾引吉姆，为了给儒尔看，也为了她自己。吉姆不明就里，听之任之。从见到欧蒂尔第一眼开始，他就挺喜欢她。儒尔扮演《伪君子》里罗亚尔先生的角色，欧蒂尔问他话时就像在问自己的心腹挚友。

不久她就让他哈哈大笑，他捂着肚子说："够了！够了！"吉姆接话时也用那种乱七八糟的法语，其实内心是认真的。欧蒂尔就借着吉姆隐藏的认真来发挥，同时隐藏她自己认真的企图。她把吉姆叫作"新人"，以为自己表达的意思是"蠢货"，因为儒尔上一次刚刚带她读过保罗·克劳岱尔[1]的《金头》，开头有这两个字，只有儒尔懂得她把这两个字并置的意思。欧蒂尔的东拉西扯越来越离谱，她对吉姆的盘问也越来越冒失，就在此时她对儒尔示意了一下，高高挑起眉毛，食指指向大门。儒尔懂了，突然有点哀伤。

"我们藏在床单下面。"欧蒂尔说。

然后她完全投入了吉姆的怀抱。

儒尔午夜回到家，发现餐桌上摆着收拾干净的剩菜，而床上留着欧蒂尔的清新气息和她经常放在包里的

1　Paul Claudel，1868—1955，法国诗人、剧作家和外交官，法国天主教文艺复兴时期的重要人物，大部分作品都带有浓厚的宗教色彩和神秘感，《金头》(*Tête d'or*) 是其剧作之一。

一种时髦的英国香皂的味道，仿佛是对他的一种讽刺。

第二天，儒尔和吉姆在儒尔家里工作，从开着的窗口传来一阵欢乐的呼喊。欧蒂尔正从下面经过，身边是一个高大的北欧男孩。她赤裸的双足蹬着僧侣鞋，身上罩了一件黑色西班牙长斗篷，头戴一顶深蓝色救世军式大草帽。她对着他们扬起她白得透明、被金发包裹的脸庞，发出一连串大笑。他们看到她露出一大片丰满的胸部，还有雪白的长脖颈两侧。"一会儿见！"她对他俩喊。

她常常来——只要她想来——而且总是受欢迎的。吉姆自问为什么她选择了自己而不是她身边那些俊美的北欧男孩。

"她说过，"儒尔回答，"她和您学习拉丁文化的放任不羁、自由的风俗，既不粗暴野蛮也不故作羞怯。她有种明确的直觉，知道自己要什么。其他北欧女人来到巴黎，跟着丈夫下榻在高级酒店里，只能感受到这里表面的东西。"

"可是，我真的这么拉丁化吗？"吉姆说，"我曾祖父是北欧人，我和他肖像里的样子很像，而且我的个头比她的北欧朋友还要高大。"

"就是您这八分之一与她相同的血统，让她觉得可以接受您，再加上您曾在北欧生活过很长时间，在外在举止方面也有些耳濡目染。"

"这个欧蒂尔，真复杂。"

"比起您，我和她交谈的时间要多得多。她有一个贵族父亲，一个平民母亲。正因如此，她完全不受普通人那一套束缚，凡是盯着她看的人都会被她教训一顿……"

"教训什么？"

"莎士比亚。"儒尔说。

有一天欧蒂尔带吉姆去她家。他此前并不知道她有个家。那是个三房公寓，在比较差的街区的一栋老房子里，窗户朝着死胡同。外面两个房间是空的，浅色木地板，非常干净，墙上贴着很旧的花朵图案壁纸。

第三间房的墙壁刷白了，只有一张大床垫放在地上，铺着绣花的床单，可以睡两个人。两个枕头堆叠在一起，而不是并排放着。

黑色大理石的壁炉上面坐着一排玩偶，床垫旁的地板上伸手可及之处放着一排绒毛或羽毛做成的动物玩具，大部分是白色的，有旧的，也有新的，全是产自巴黎和伦敦的精品。

欧蒂尔坐在床上仔细地打量它们。她总是一副旁若无人的样子，只做她想做的事。儒尔和吉姆也尊重她，欧蒂尔能感觉到，因此她跟他们在一起时很自在。

她把小动物一个个拿起来把玩，和它们说话，仿佛分别了好几天。吉姆坐在地上，靠着墙，感觉自己待在一个小女孩的婴儿房里。欧蒂尔发现一只会发出咩咩叫声的白色小羊身上有一块污渍，于是倒了一点汽油，用白色丝质睡袍的袖子去擦拭。接着她点燃了一封信，白色小羊一下着了火，她赶紧用床罩将它包住。吉姆担心引发火灾。并没有。

吉姆和欧蒂尔有一搭没一搭地聊天，得知她已经在这儿住了好几个月，也许是跟她丈夫一块，有个邻居老太太帮她做家务。她把家具全卖给了其他邻居和旧货商，只留下了床垫、玩偶和动物玩具，因为她觉得家里这样好看得多。她还会清掉其他物品，离开时只带着行李箱。

吉姆想为他们找个临时住所，这样就不用去酒店房间约会。他表示愿意买下所有东西并续租这套公寓，没有比这个僻静的居所更适合欧蒂尔的了。但对欧蒂尔来说，这里充满了不堪回首的记忆，她只想离开。让吉姆躺在这张床上和她还有她的小动物们睡在一起，办不到。

欧蒂尔在橱柜和厨房翻找东西，吉姆也来帮忙。她找到一个装满液体的瓶子说："我，带上这个！"

"这是什么？"吉姆问。

她的神情很严肃："是硫酸。为一个骗子男人的眼睛准备的。他会回来，有一天。我给他留着这个。我在咖啡馆听说，女模特儿们讲法官都很仁慈，不重罚。"

吉姆劝她，她会不小心打碎瓶子，泼在地板上，还可能烧伤她自己的脚。他还说硫酸到处都能买到。她说："是。但不是同一瓶，我发过誓要用它砸。"

她最终还是被说服了，倒掉了硫酸，充满遗憾地看着那些液体流入洗碗槽的洞里，冒出泡泡。

吉姆在一旁看着，一言不发，一面拼命忍住笑，一面想可惜儒尔不在场。欧蒂尔把床垫和床上用品都卖给了邻居。她卖起东西来像个商人一样非常内行又善于打圆场。

欧蒂尔那帮北欧朋友里的一个帅小伙来了，邀请吉姆和他们一起共进晚餐。吉姆跟他不熟，但怀有好感，所以准备答应。

欧蒂尔却说："不行，我不喜欢搅在一起。"

于是她独自去了。

欧蒂尔对儒尔解释说："他们对我好，很尊重。吉姆也一样。但不是一回事，我也不要他们一个见到另外一个。他们也许想改变吉姆。"

欧蒂尔一直跟着吉姆学习。她的行为方式非常吸引人，想来就来，突然出现，因为万物而发笑，自顾自地高声发表意见。他们本想收集她的言语，但是她的存在总是让他们忙于招架，无暇顾及此事。

9 在海边

欧蒂尔和吉姆打算去海边玩两个星期。欧蒂尔想"外带"儒尔去，吉姆很乐意，儒尔更是求之不得。

他们兴高采烈地上了火车，搭乘二等车厢——因为没有三等车厢——到了阿姆斯特丹，一个他们喜欢的城市，他们尤其喜欢那些正经咖啡馆。欧蒂尔和儒尔从来没有玩过这么大的骨牌。

房屋中介已经没有海边的房子可出租。吉姆沿着海岸骑单车找了两天，找到了一个梦想中的小房子：偏于一隅，地处沙丘[1]，临着海风，里外全白，而且没有

1　指阿姆斯特丹供水沙丘（Waterleidingduinen），荷兰最古老的取水区，阿姆斯特丹至今仍会在这取饮用水。此外，它还是荷兰最大的连续步行区之一。

家具。

午夜过后吉姆才回到他们住的小旅馆，爬着梯子进入像船舱一样的房间，他发现欧蒂尔把脸颊枕在他叠好的睡衣上睡着了，仿佛一个天使。

灯一亮，她醒了，说："我乖，我一个人睡觉。"

儒尔走进来，竖起一根手指说："因为我刚才不要你睡我的床。"

"你笨，"欧蒂尔说，"你不明白我要睡你的床，因为我没有我的动物玩具，我不喜欢一个人睡……但是我乖，为了吉姆！"

"但是我可能不乖啊！"儒尔说。

她气鼓鼓地看着他。

他们搬到了那个小房子里，租了两张床垫、三张椅子、一张桌子和一些平底锅。欧蒂尔和吉姆睡在楼下唯一的大房间里，儒尔睡阁楼。小小的厨房也充当浴室。

欧蒂尔展现出家庭主妇的架势，每个星期用水冲洗地板两次，然后在地板上随意丢弃无花果皮、香蕉皮和桃核，晚上就有人踩到滑倒。她说："这不脏。而且我有权，因为我洗地板。"

儒尔和吉姆叼着烟斗去市场，带回来一篮篮的蔬菜和牛奶。这是他们两个人独处的时间。渔民给他们送来一些鱼，欧蒂尔穿着一件有一个大破洞的睡衣接待他们，还给他们讲一些稀奇古怪的故事，他们一句也听不懂。因此他们三人在当地被叫作"三个疯子"，但除此之外，他们名声不坏。

一开始他们像是生活在天堂。欧蒂尔总是很开心。吉姆白天享受海水浴，晚上享受金发女孩。儒尔则可以跟欧蒂尔一起玩上几个小时，然后在顶楼写他的小说。通往顶楼的是一个可以掀起来的地板活门，儒尔把椅子放在这活门上面，免得欧蒂尔来打扰。

儒尔早上把牛奶咖啡和涂了黄油的烤面包片送到吉姆和欧蒂尔的床上。他认为两人这段迷人却消耗极大的恋情注定短暂。渐渐地，欧蒂尔的夜晚专属于吉姆，她的白天专属于儒尔。

到了晚餐时间，吉姆有时候很疲惫，欧蒂尔对他态度就很差。儒尔又不站在她一边，使她大为光火，叫他们"庸夫俗子""末流艺术家""一无是处的作家"。他们笑了，儒尔回答："没错，你说得对。我们本来就是做点我们力所能及的事情。"

欧蒂尔收到一札从巴黎和家乡寄来的信。她不谈这些信的内容，但自从收到这些信以后，她对儒尔和吉姆的态度开始变得严厉。

有一天她想从渔民手里买下六只活的大螯虾来玩。大螯虾很好看，可是太贵，吉姆解释说他们的预算有限负担不起。她火冒三丈，指责他小气。她不怕过简朴的生活，但是习惯了时不时花一大笔钱来满足自己心血来潮的异想。她还常常从巴黎和伦敦两地邮购东西。

烫洗衣服的女工来了，弄丢了几件衣服，欧蒂尔狠狠地骂了她。

这天早上，她像往常一样踏着海浪嬉戏，却慢慢地沿着沙滩愈走愈远，在地平线上变成一个小点，不见了。她午餐时没回来，晚餐时也没回来，儒尔和吉姆一开始不怎么担心，因为欧蒂尔一般再怎么胡闹还是注意安全的。

晚上有人轻轻敲门，两名警察把穿泳衣的欧蒂尔押送回来了。原来她走到了距这里一小时车程的一个海水浴场，穿着泳衣在小镇里逛来逛去。这身穿着违反了规定，引得人群围观。警察表示这一次不拘禁她，但下次儒尔和吉姆就得为她承担罚金，还要被驱逐。

欧蒂尔显得极为轻松，津津有味地听着儒尔为她翻译。年轻点的那个警察说："她是个疯子——要不就是个十足的坏人。"说罢他们走了。

接着欧蒂尔开始眉飞色舞地讲述自己的经历，还哈哈大笑。她去了一些玩具店，和小孩子闲聊。她总结道："城里的中产阶级女人不漂亮，还嫉妒，因为男人们看我。她们说：'应该送进牢里，波希米亚女人。'"

这件事大家不再提起，但欧蒂尔时不时突然对两个同伴发脾气。

有一天，出于复仇的渴望，她真的试图勾引儒尔，但没有成功。吉姆对此并不反对，因为他已经得到过了。他很乐意替换儒尔去住阁楼。

欧蒂尔决定对他们下毒。当他们开始吃那盘致命的煎蛋饼，她对他们说："你们不觉得味道奇怪吗？你们不怀疑你们的厨子吗？你们不明白她很愤怒吗？她善良，她告诉你们：别吃了！"

他们没吃完，但还是拉了肚子。

三人就这样磕磕碰碰地熬完了两周的假期。返程路上他们经过一个大城市，欧蒂尔在那儿买了四双木鞋。儒尔和吉姆考虑不周，留下她一人在某家店的橱窗前吃着冰激凌。当他们重新和她会合时，她正发火呢。她身上披着西班牙斗篷，肩上挂着一串木鞋，人群围观着她，仿佛她是个街头卖唱的歌手。她礼貌地斥责他们："你们想要我什么？为什么你们看我像动物园里的动物？你们没见过世面吗？你们不太文明！如果你们继续，我就叫警察。我哪里奇怪了？鼻子？嘴巴？下巴？木鞋？（她用手指指着它们）等儒尔和吉姆回来，他们打你们的头，一定的！看，他们来了！"

没有人听得懂她的话。儒尔和吉姆一出现，人群就散了。他们往火车站走，仍有一长串小孩子尾随。

回到巴黎，欧蒂尔回到了她的同伴们身边，如释重负。她消失了两星期，接着又出现了，亲吻了儒尔和吉姆。她还是来看他们，但没那么频繁了。她有时候要吉姆陪她去咖啡馆，向他倾诉心事，接近午夜时将随身携带的牛奶瓶子给他拿着。她找到了合适的相处之道。

儒尔告诉欧蒂尔，露西马上要来巴黎了，请她最近暂时不要来看他。

10　露西在巴黎

　　露西斜躺在儒尔家的沙发椅上，上半身倚在几个靠垫上。他们轻声地交谈着，重拾往日气氛。

　　有人按门铃。儒尔没去应门。门铃按得更响了。邻居出门来看是怎么回事。儒尔家的门猛地被推开，欧蒂尔穿着斗篷现身，一头金发比露西的更金。她走进来，关上门。

　　"啊！您是露西！您在这儿，儒尔不让我来，所以我故意来！我对您很好奇，我高兴认识您，即使您不高兴认识我！您是儒尔的好朋友还是未婚妻？"

　　"够了，欧蒂尔，"儒尔说，"别打扰我们。"

　　"我就要打扰。"欧蒂尔答。

　　儒尔冲过去，一手搂住她的上身，另一手托住她的膝后，抱起她走向大门。她手脚乱动，挣扎抵抗。

"噢！"欧蒂尔大叫，"他多么爱她！这一次总算像个真的男人！他力气大，要打我！"

儒尔把她放在楼梯口，转身进门，把门反锁。

"跟我说说她的事。"露西说。

儒尔跟她说了，一开始没有提她和吉姆的那一段，但是露西猜到了。"她这么年轻，这么大胆，吉姆连格特鲁德都拒绝不了，更何况她！"

吉姆希望露西知道他和欧蒂尔的短暂情缘，儒尔就说了，用他的方式解说。

露西认真地听着，有时候跟着儒尔一起轻轻笑笑。她对他说："我想和你们三个一起喝喝茶，你和吉姆，还有欧蒂尔，下个礼拜可以吗？"

"当然。"儒尔说。

被撵走的欧蒂尔跑到咖啡馆，等着吉姆来。

"太棒了，"她告诉他，"我见到了露西，在儒尔家。他当着她的面打我。她是女主人！她在沙发上没动一下，没有说一句话，没有眨一下眼睛。在我被欺负的时候我使劲盯着她。她比我厉害，今天她赢了。可是我报仇！"

然后她就跑走了。

吉姆挺想亲眼看看这一幕，儒尔和露西会讲给他听的。他们说好了露西下午先去看儒尔，晚饭以后，吉姆去露西家看她。

他突然很想见到露西，便去了她家。他走进那个小小的、安静的膳宿公寓，登上两层木梯，露西的房间就在那里。他知道是哪一间，而且他看见窗子里有灯光。

此时他听见一阵很轻的快步小跑声，然后他感到自己的一条腿被两只手臂紧紧抱住。是欧蒂尔，她从儒尔家跟踪露西到她的住处，然后在咖啡馆和吉姆见面。因为疑心，她又悄悄跟踪吉姆一路从咖啡馆到了露西家，在他身后溜了进来。

欧蒂尔坐在楼梯上，抬起蓝色的眼睛仰望着吉姆，表情既得意又坚决，接着开始问她最关心的问题："你，去见露西？"

"是。"

"不，你不去。你留下跟我一起。今晚我是你的女人。你爱露西？"

"我和露西是朋友。"

他使劲想抽出自己的腿，把欧蒂尔拖上了一级楼梯。他试着掰开她的手。

"你，吉姆，听我说！如果你们只是朋友，为什么她不在客厅接见你，像一个有教养的女士？为什么在她的房间里？我允许在客厅里见，和我一起。如果你要上去她的房间，不带我，我马上闹得难看。我大喊露西是你的情妇，我是可怜的未婚妻。我，精神崩溃，对露西的名声不好。"

吉姆清楚她说到做到，她一点也不怕在这里被人看作疯子——但露西就难办了。他迅速地想了一下，绝不能让欧蒂尔知道露西的秘密，她一定会大肆利用。他让步了，也被欧蒂尔的胆大妄为逗乐了。

"好吧，但是我得给她留个言，她等着我呢。"

"好吧。"她重复了吉姆的话。

他在客厅给露西留了几行字："亲爱的小姐，今晚不巧无法前来向您致意。"

欧蒂尔越过他的肩头看了字条上写的内容，说："非常、非常好。走吧！"

她把这字条给了公寓管理员，然后挽着吉姆的胳膊走回她家。

吉姆心想："露西和我有的是时间，可是我和欧蒂尔很快就会结束。"他就随欧蒂尔去了。

第二天早上，他去儒尔家，两人互相讲述了前日的事情。儒尔为露西感到难过。

"您很容易受人左右，吉姆。"他几乎很严厉地说。

"是的，很容易。"吉姆说。

"欧蒂尔不敢对我这样做。"

儒尔很得意他当着露西的面撵走了欧蒂尔这一举动，而吉姆很惊讶儒尔居然会这样做，难以置信。

儒尔接着说："我对女人要求太多，什么也没得到。"

"玛格达呢？"吉姆问。

"她想改变我，让我适应她。您得到了女人，却又被她们掌控。"

"对，"吉姆说，"这是公平的。到底谁拥有一个女人更多呢？是那个占有她的人？还是那个凝望她的人？"

"应该双管齐下。"儒尔说。

下午，吉姆去儒尔家见露西，儒尔随即出门，留下他们两人独处。露西收到吉姆的字条那天颇感惊讶，因为管理员告诉她前一天晚上留字条的男士身边"还跟着一位女士"。楼梯上那一幕并没有人看到。

吉姆亲吻了露西的手，不敢挨近她的脸颊。他刚从拳击练习室出来，经过了一场剧烈的搏击，仿佛是为了惩罚自己。尽管他之后冲了澡，但还是感觉自己身上沾满欧蒂尔的气味。面对露西，他感到悔恨。正如儒尔所说，他太容易受人左右……他告诉了露西关于欧蒂尔的事，没有任何隐瞒，但言语中暗示欧蒂尔在他心中的位置没有露西重要。

"不，不该这样，"露西说，"她那么漂亮，还那么野性。"

吉姆感觉到露西对他的情感，这情感让他和她在一起时变得贞洁。他同时感觉到她的耐性，这耐性几乎令他害怕。

此刻儒尔回来了，让他们很高兴。

吉姆因为打了拳浑身疲劳，他请求躺在地毯上，就像躺在草地上一样。他的请求得到了同意。他的一边肩膀平放在地上，另一边有点碰不到。

儒尔说："机会来了，可以扳倒这个摔跤手（大情圣），让他双肩触地。"他走近吉姆，从上往下俯视他。

"试试看！"露西说。

"可以吗，吉姆？"儒尔腼腆地问。

"当然可以。"吉姆亲昵地回答。

儒尔对准那只悬着的肩膀，把全身的重量压了上去，吉姆就势翻了个身，把儒尔掀倒，将他的两个肩膀压在地上。

"我早该料到，"儒尔说，为他的朋友感到骄傲，

"好身手！"

"哪里，摔跤我才刚入门。"吉姆说。

"那拳击呢？"露西问。

"拳击的话，我应付得来。我喜欢拳击，跟喜欢下棋差不多。"

让吉姆吃惊的是，露西居然很想看他打拳击。拳击这种运动她也有兴趣吗？

这天晚上，吉姆回家睡觉，也就是说回他母亲家睡觉。他与母亲分摊费用合住一个公寓。这公寓他从来不带他的朋友来，儒尔和吉姆都不喜欢这里的谈话气氛，但这的确是吉姆工作时的藏身之所，连欧蒂尔也不曾强行进入。

他考虑着把露西介绍给母亲认识。

露西邀请儒尔、吉姆和欧蒂尔一起喝茶。欧蒂尔很高兴，在吉姆面前排演了一遍，务必使自己举手投足符合巴黎的时尚。

他们在一家很有大都市格调的甜点店喝茶，欧蒂尔谈到她半途而废的良好教育。她的举止像异国公主和街头野孩子的混合体。露西让她掌握主动，她也没有谦让。她有一张跟露西一样的鹅蛋脸，透着一股高贵的蓝血气质。她说话声音高雅，脸上的表情却显得粗野。她像霍加斯[1]画里的卖虾女，而露西像是歌德的孙女。

由于担心欧蒂尔不小心说出不该说的话，特别是可能伤害到露西的话，儒尔和吉姆像在过山车上战战兢兢地度过了一个小时，其间又不乏乐趣。

欧蒂尔几乎不再因吉姆而嫉妒露西，因为露西如此完美无缺，也因为欧蒂尔看到了儒尔对露西的爱。

欧蒂尔后来表示，她觉得露西非常美丽，但没有胆量尝试别的东西。

吉姆看着露西那双安静的手。欧蒂尔有一双钳子似的小手，像一双攫取的机器。为了获得关注，她夸大一切。她小丑般的举止，乍见时挺有趣，时间久了在他看来就没什么花样而乏味了，就像她画的那些肖像画，数笔就能画出来。

儒尔这次话不多，表现得很好。露西想到那个和格特鲁德一起四人约会的晚上，正如格特鲁德所言，不能放任儒尔"拖泥带水"，欧蒂尔就管得住他。在露西看来，欧蒂尔和吉姆之间也不会长久的，不会比和格特鲁德更久。

1　William Hogarth，1697—1764，英国风俗画家。《卖虾女》（*The Shrimp Girl*）是其具有代表性的肖像画作。

儒尔和吉姆终于放了心，愉快地旁听着欧蒂尔口无遮拦的提问和露西的绝妙回答。

儒尔感觉到了吉姆对露西隐藏的关心，有点激动。

11　露西与欧蒂尔

欧蒂尔对吉姆说:"我想要你见见我的前夫。"

吉姆说:"行。"

她带他来到一个狭长的有着玻璃窗的画室。她的前夫非常年轻,略显柔弱,说话快而清晰,并不惹吉姆讨厌。他们一起喝茶,下棋,结果不分胜负。欧蒂尔不会下棋,却总在瞎指点。

这位前夫对吉姆说:"欧蒂尔跟我提起过您,也说过您在她生活中十分重要。祝贺您。只不过有件事我应该告诉您,这几天我和欧蒂尔一起回忆从前,还……还恢复了夫妻关系。"

此时吉姆只见一个小凳子从后面飞过来,欧蒂尔像一个拉伸到极致突然被松开的弹簧,几乎水平地冲过

来，两只手直直地伸向前，一把掐住前夫的喉咙，把他
推倒在地。煤油灯被打翻在地上滚动，仍在燃烧。吉姆
把灯捡了起来，重新调亮。前夫此时仰面躺着，欧蒂尔
骑在他的身上，大声吼道："你答应了不说的！"

"已经说了，不管怎样。"他说。

他挣脱了欧蒂尔的双手，反抓住她。两人重新站了
起来，他镇静地掸去身上的灰尘。

两个男人犹疑了一下，握了握手，然后欧蒂尔和吉
姆一起走了。

这让吉姆确定了一件事，欧蒂尔刻意对他隐瞒她和
其他男人的关系。

欧蒂尔带吉姆到她的住处，路上在杂货店和水果店
顺便买了些吃的，白色和灰色盒子把他们的口袋撑得鼓
鼓的。

天很冷。她说："我们来生一堆旺火。"她脱下衣服，
光着身子坐在地板上，两腿分开，两只脚分别蹬着壁炉
两边，双手从木桶里抓起大块的木炭，一边快乐地将两
块对着敲碎，一边对它们说话。黑色的木炭碎屑溅洒在
地毯上。不一会儿，火就烧了起来。因为她不时用手蹭
自己的身体，到处黑乎乎的。她要吉姆关了灯，趁着火
光烤着身子的每一侧，靠得非常近，吉姆很担心她会被

烧伤。她把地毯上的碎屑扫干净了，赤身裸体跑到隔壁的浴室去洗澡。

她洗完澡十分清爽，洁白无辜。她在床上躺下，呼唤吉姆，要他忘掉她的前夫。

"多费事啊，她这样生一堆火。"吉姆心想，"她做任何事都做得彻底，一件一件来做。儒尔觉得她就像几乎与她同名的水精灵欧汀[1]一样没有灵魂。多么令人放松！"

吉姆和儒尔带着露西和欧蒂尔去"四大艺术"化装舞会。露西穿得像个女祭司，欧蒂尔则像个野孩子，周身只围着一件酒椰草披肩。

一开始，欧蒂尔紧紧挽着吉姆的手臂，她从来没有见识过类似的场面，很羞怯，不敢相信所看到的一切。之后，看到许多女人骑在男伴肩头，从高处俯视人群，她也爬上吉姆肩头，大腿夹紧他的头。吉姆背着她穿过越来越多的人，她兴奋起来，开始不停地说话。

吉姆看到两个正在交谈的高大的年轻男子，他们一下子注意到了欧蒂尔。她对他们做了什么手势，随后他们就走了过来，向吉姆自我介绍。其中一个是美国人，

1　Ondine，北欧神话里的水精灵，其名字与欧蒂尔（Odile）的名字接近。

另外一个是来自俄国某个省的公爵，众所周知，俄国到处都是公爵。两人都穿着好看的服装，一身好看的肌肉。他们提议，如果吉姆累了的话，他们可以代他背着欧蒂尔。

"你说呢，欧蒂尔？"吉姆问。

"我很高兴，我拥有舞会上最高大的三匹马，还可以换着骑，只要我高兴。"

她换到了美国人的肩上，然后又换到了那位公爵的肩上。他们俩背着她到处走，她想去哪儿就去哪儿。她不时又回来骑到吉姆肩上。"她真会选。"吉姆心想，转头去找儒尔和露西。他们三人走进一间画室里，只见有一圈人坐在地上围观女同性恋表演。露西一开始没看明白，以为是一些裸体女人在表演奇怪的摔跤，当她看清楚之后发出一声低低的惊呼，叫吉姆和儒尔一起离开。

此时乐队已经在演奏著名的进行曲，花车游行开始了。花车上的裸体游行者激发了众人，大家纷纷扯掉了自己的衣物。那个美国人和俄国公爵尽力地保护着欧蒂尔身上仅剩的一片缠腰布，酒椰草披风早已不知去向。各式各样的人都有，巴黎的女模特儿、放荡派、女艺术家，以及看热闹的人，比如露西，他们并不参与游行。

露西吸引了众多目光，但只有一人大胆伸出手想碰她，被吉姆和儒尔挡了下来。她跟他们一起经历这一切，非常开心，又惊又笑。

那两个背过欧蒂尔的年轻人走过来，但欧蒂尔没一起来。他们礼貌地请求让欧蒂尔跟他们以及一些朋友共进晚餐。

"只要她愿意，"吉姆说，"注意，她不能喝酒，酒会让她不舒服。"

"明白，"俄国公爵说，"我们肯定不想今晚弄得不开心，为了她，也为了我们自己。"

"也为了你们。"美国人补充道。

露西、儒尔和吉姆吃了一顿清淡又安静的晚餐。露西有点为欧蒂尔担心。

"她只做她想做的事情，而且她到哪里都是安全的。"儒尔说。

吉姆同意这个看法。

选美比赛开始了。参赛的女子全都赤身裸体，大部分是模特儿，身体上扑了粉，也化了妆。她们一个接一个地走上凸出的伸展台，亮相十五秒。人群的欢呼声高低反映出众人对她们美貌的评价高低。吉姆远远望见欧蒂尔也在排队等待登台展示，有些吃惊。他悄悄走近，

没有让她发现。她表情僵硬，几乎让人认不出来。她那
片小缠腰布被除去了——这是规则——然后她就被推到
了伸展台上，被一束炫目的光线照着。她摆出害羞的维
纳斯的姿态，有人拉开她遮住身体的手，她听之任之。
她站在那里，集中全部精力在这一刻。她精致纤细的美
在此并不占优势。在这样大的舞台上，需要的是一些更
夸张有力的形式。她也没机会开口一展歌喉。人群中响
起一声喝彩，吉姆听出来那是俄国公爵的声音。

"她可真有勇气！"儒尔说。

露西为她感到可惜。吉姆想着："这优美的身体，
这假扮的天使，我会失去她，她会失去我，但她连眉头
都不会皱一下。"

有些人喝醉了，有些人在喊叫，有些人神经发作。
跳舞又开始了。有人成双成对地离开。

吉姆在大厅里绕了一圈，有点盼望找不到欧蒂尔，
果然没找到。"让她学聪明点！"他心想。露西因此有
点难过。儒尔则整晚都很开心，因为身边有露西。他们
把她送回家门口。

第二天晚上，欧蒂尔来到了咖啡馆，在吉姆身边
坐下。

"为什么你昨晚让我跟别的人走？"

"哪个人？"

"俄国人。"

"因为你自己愿意。"

"我愿意是因为你不阻拦我。"

"我永远不会阻拦你，欧蒂尔。"

"那么你不爱我。"

"我用我的方式爱你。"

"你的方式，让我和别人睡了一夜，你怎么看？"

"我还以为你一个星期都不会回来。"

"他非常好，非常好的情人。非常、非常好。"

"你为什么不留在他那里？"

"我觉得这样够了。我想回我自己的房间。"

然后她又把随身携带的牛奶瓶递给他。

应该拒绝吗？不，因为他想知道接下来会发生什么。如果她当着他的面把这个牛奶瓶递给另外一个男人（她从未这样做过），他会做何感想？她给他的只不过是她的一部分，而他何尝不是。她难道想要一个专横又嫉妒的情人？那样的情人不难找到。吉姆对那个俄国人是有些嫉妒，但是他给欧蒂尔自由，和他自己一样自由。也正是因为如此，欧蒂尔回到了他的身边。

回家之后，她把那个俄国人精美的名片拿给他看，随后扔进一个她洗刷干净的便壶里，她用这个便壶装情书和地址簿。接着她一本正经地对吉姆提议："忘掉这个俄国人？"

两人就把他抛之脑后了。

她与她的北欧朋友们开车去旅行。"也许永远不回来了。"她说。

12 露西的旅行

露西和吉姆两人外出旅行，没有计划，没有既定路线。儒尔送他们上火车，带了一篮水果让他们在路上吃。在布列塔尼的一个城里，他们找到了一间老客栈，就在大教堂的正面不远处。上面一个房间被直角形主梁架在空中，向前凸出，冲着大教堂的圆花窗。露西住这间，吉姆的房间在下面，但他很少待在他的房间里。教堂响亮的大钟震得他们发颤。

顶着酷暑，他们骑着单车来到一个小山岗上，那里有座荒凉的小教堂，周围有树和一座新的墓地。他们牵着手散步，读着夫妻合葬的坟墓前铭刻的动人碑文，看起来这夫妻俩曾经活得平静而融洽。他们坐下来，不作声。吉姆有点舍不得离开这片墓地，他想要与露西为伴长眠于此——可是还得回去。

路很长，有时候很难走，露西懂得调适她的体力，会间断地停下来休息，完全能应付。她不像吉姆以为的那般柔弱，但有点偏头痛，很快就好了。吉姆则因为极为疲累，头疼得更厉害。他心里想："如果我们俩生孩子，一定个个又高又瘦，还爱头疼。"

他们带着午餐到树林里慢慢散步，露西在树下青苔上铺开食物野餐。吉姆的肩上背着猎枪，但没有用过。

他们幻想着规划一座理想的乡下房子，想象他们未来共同的家，连花园和家具的细节都描绘了出来。露西想好了房子的形状和颜色，而吉姆则只构想出了形状。

他们都喜欢漂亮的皮革制品，买了一些当作彼此的礼物。

吉姆带着露西继续往南，雇了一个老水手驾驶有帆的小艇到海上打猎。吉姆枪法很准，打得不错。露西比那些最纤细的水鸟还要纤细，吉姆不由得怜悯起在船舱上流着血的鸟儿，他停止了开枪，露西对他微笑。

其间发生了一个小意外，吉姆在那一瞬间以为自己会失去一只眼睛。他用好的那只眼睛看到了露西的举动，如果可能的话，露西会心甘情愿把自己的一只眼睛给他。

他们在一片松树林的后面发现了一个农民聚居地。如果得到所有人的同意，一对情侣可以用很少的钱在这里买到一栋全新的小木屋，小屋里有两张大床嵌在墙凹处，与屋架结构成一体（吉姆想到奥德修斯的床[1]），还有一个通风良好的壁炉，一个适合种植马铃薯的沙质土壤花园，打来的鱼可以和土豆一起填饱肚子。这是吉姆梦里向往的简朴生活，但他没有精力将之实现。

露西害怕肉体的爱。

跟她在一起，吉姆觉得像是面对着一个女修道院院长，他自问是否能一直这样爱她。她是一条狭窄而笔直的道路，而他需要翻越，需要冒险，他为此责备自己。

有一天，露西和吉姆在河上突然遇到一阵暴风雨，吉姆使尽力气划桨也无法使船前进。露西原本掌着舵，来到他后面，抄起第二副桨开始划。她控制得很好，力气虽不大，但不声不响地配合着吉姆。两双桨交错划动，一次也不曾互撞。他们最终安全地返回港口。

他们有时谈到儒尔。在一封写给他们两人的信里，儒尔邀请露西去海边与他共度数日。"如果我确定他已

---

1 荷马史诗中，奥德修斯为妻子亲手打造了一张婚床，由橄榄树直接加工而成，无法移动。此处吉姆与露西的床"与屋架结构成一体"，同样无法移动，故而吉姆会做此联想。

经不再想着求婚的话，这倒是不错。"露西说。吉姆很希望露西接受邀请。

最后一天来临了，他们一起度过了一个月，两人一同经历的各种美好的小事都铭刻在了心里。

他们相互道别，难过得喉头发紧，尽管并没有什么人或事迫使他们必须分开。

即将出发与露西度假的前一个晚上，儒尔告诉吉姆："露西和我，我们会一起去晒日光浴。我的背上和胸前都长着……毛（他犹疑着说出这个字）。有些女人喜欢这种，但露西肯定不会喜欢。我不想去美容院。我试着自己给自己脱毛，可是够不着，您能帮我忙吗？"

他从袋子里拿出脱毛蜡。

吉姆这才明白为什么儒尔经常看到他光着身子淋浴，却刻意隐藏自己的身体。吉姆发现儒尔个子不高，身材却像古罗马军团里的士兵，有着黑色鬈曲的体毛，和露西、欧蒂尔乃至吉姆那种光滑修长的身体截然不同，但也结实匀称。

为什么儒尔不喜欢他自己这种类型的身材，拒绝了与他长得很像的漂亮表妹的追求？他们看起来挺般配的。

吉姆呢，难道不是因为露西在外形上和他自己太像，以至于他犹豫不决无法决定娶她为妻？

吉姆给儒尔的背上除毛，他觉得很好玩。他把树脂一般的蜡熔化，均匀地铺在体毛上，等它变干了，猛地一下撕掉。慢慢地，儒尔的身体看起来洁净多了。

露西看了会有什么反应？吉姆衷心盼望儒尔征服她，虽然那是不可能的。

露西和儒尔一起度过了平静的一周。他很克制，她对此很感激。泡澡之后，她会把双脚伸给他让他擦干，他也可以毫无拘束地裸着上半身陪她晒日光浴。他去邻近小城的妓院里找了个金发女郎来释放他的欲望，然后回来继续为露西写诗。

她向儒尔谈起她对吉姆的担心。她欣赏却又惧怕他的自由。

儒尔说："一旦吉姆想做什么事，只要他认为不会伤害别人（他也可能弄错），他就会去做，为了享受，也为了学习。他希望有一天可以达到智慧的境界。"

露西说："这种状态会持续很久吗？"

"我们没办法知道。"儒尔说，"他自己也不知道。有可能他会遇到一个奇迹。"

有一天，露西说："总之，你好像认为吉姆是个贞洁的人。"

"当然，"儒尔答，"真正富有感情的人都是贞洁的。他比我，比大部分人都贞洁。我知道他曾经有好几个月身边没有女人，也不去找。他在路上从来不尾随陌生女人。他好奇心强，崇拜个性，不是仅仅追逐感官上的欲望。丽娜装腔作势，但不是真有个性的人，他马上敬而远之。你，露西，你有个性，格特鲁德也是，欧蒂尔也是。（儒尔想：玛格达只能算半个有个性的人，也没能完全征服我。）你是一个完整的个体，吉姆也是。而我，我时而爱你的双足，时而爱你的头发，时而爱你的嘴唇，爱得死去活来；但直接的人感受到的只是整体。可能有人说吉姆是勾引女人的好手，但我认为他是被女人勾引的。你、格特鲁德、欧蒂尔，你们早在他选择你们之前就选择了他。"

"也许双方是同时选择的？"露西说。

露西接着又和从她家乡来的一个爱慕者一起到山上度了几天假。她把那人的照片拿给儒尔和吉姆看。儒尔觉得她和他之间并没有像她和吉姆那样的自然亲密，然而一旦没有了吉姆，这人也会构成威胁。

露西回她父亲家了。

13 古风式微笑

儒尔和吉姆启程去希腊。

几个月来，他们一直在国立图书馆里研读书籍，为这次的旅行做准备。儒尔为吉姆初步整理了必读书目，吉姆读累了的时候去找儒尔，发现他身边堆着那些已被毁损的神庙的大幅图纸，而他在根据文本记载试着复原。为此，儒尔重新捡起了学过的古希腊文，还开始自学现代希腊文。

两人带着极少的行李上路，还一起定做了同样式的浅色套装。他们从马赛港出发前往那不勒斯，吉姆在船头的最前端躺着，看着艏柱不断划开碧蓝的海水。儒尔重读那些厚厚的大部头，不时过来向吉姆传授一些要点。他们住在同一个房间里的上下铺，吉姆睡上铺，深夜仍在交谈。此次偶然同住，他俩很高兴，但通常他们一人预订一个房间。

吉姆开始研究陶立克式柱的柱头上方那些小小的圆形装饰花纹起源于哪里。

在那不勒斯，吉姆被水族馆里的"维纳斯的腰带"水母所吸引，这些小小的带状生物几乎通体透明，在水里游动时像古罗马人穿着的飘逸长袍，腰间有一个虹彩色的圆环。

他们深度参观了古代艺术博物馆，游览了希腊古城帕埃斯图姆[1]以及城中的三个神殿，神奇的希腊之旅就此开始。

儒尔碰巧认识了一个年轻的那不勒斯女孩，给她送了鲜花和糖果。

之后他们去了巴勒莫，参观了镶嵌画。他们不喜欢骑驴，从那儿徒步走到了塞杰斯塔[2]神庙。他们把自己视作朝圣者，所以甘愿付出一整天的疲劳来换取美的震撼。儒尔时不时背诵荷马的诗句。在塞利农特[3]古城，他

1　该城位于意大利南部，建于公元前 6 世纪。

2　古希腊城市，由伊利米人（Elymians）创建，位于意大利西西里岛西北部。

3　古希腊城市，位于意大利西西里岛南岸，建于公元前 628 年，内有数座前 6 世纪时的陶立克式神庙。

们亲眼见到那些因地震而坍塌的宏伟神庙的遗迹，在巴黎他们已经研究过这些神庙的图纸。儒尔兴高采烈地为吉姆讲解这些废墟复原之后应该是什么模样，以至于当他看到有座神庙还完整矗立时脱口而出："真可惜啊！"

叙拉古[1]，阿列苏莎泉[2]，吉姆很喜欢这些名称。随后，他们坐上一艘只有四个舱房的简陋小货轮前往希腊，船上充满牙膏和油炸的气味。海上突然起了大风，一连五天大浪不休。吉姆这个从来不晕船的人也觉得很难受。他待在舱房里的床铺上，守着一堆书，完全吃不下东西。儒尔每餐都吃，有时亢奋有时抑郁。厨师对他说："不管怎样，先生您把这份牛排也在这放了一个小时，有点进步。"

阳光照耀着克里特岛[3]，海面平静了，小船继续往北航行。他们激动地守望着，儒尔第一个发现了远处极小的淡淡闪着微光的雅典卫城。

在雅典的这一个月充满了异教的气氛，他们感觉自

---

1 古希腊城市，位于西西里岛的东岸，公元前734年由希腊移民所建。

2 据希腊神话，阿列苏莎为水中仙女，在河神阿尔菲的追逐下，从希腊越海逃到意大利西西里岛的奥特基。她求助于狩猎女神阿尔忒弥斯，女神将她变成泉水。

3 希腊第一大岛，位于地中海东部中间。

己是希腊人。神庙和博物馆的美使他们心满意足。

无翼的胜利女神像令他们想起了露西，三角楣上的一个女战士雕像则像格特鲁德，还有一个花瓶上的舞者像欧蒂尔。

他们在毒辣的日头下徒步走到苏尼翁岬角[1]。吉姆一路不想吃，不想喝，也不抽烟，但他这一整天和儒尔一样有耐力。两人还步行去了梯林斯[2]和迈锡尼[3]遗址，国王的宫殿和堆叠的巨石令他们倾倒。

儒尔抚摸着雕像，不由得希望碰触真实的躯体。他回头去找那个第一天就被他们支开的老向导，找了很久才找到。儒尔向他打听好了之后，两人便按照指引去了雅典唯一的高级风月场所，在那里待了一个晚上。这个酒吧里各国的女子都有，就是没有希腊女子。他们看见一个日耳曼女子，有着希腊式外形，像年轻版的格特鲁德。儒尔和她定了约会，第三天中午见面。见面之前，他坐立不安，刻意打扮一番之后来到约会地点，一个女仆出来传话："夫人今天早上九点才回到家，吩咐我不可打扰她的睡眠。"儒尔只得失望地离开。

---

1 位于阿提卡半岛南端，雅典城南的一个三面环水的岬角。

2 古希腊城市，位于伯罗奔尼撒半岛。

3 古希腊城市，位于伯罗奔尼撒半岛。

"不奇怪。"吉姆对他说,"看看她的生活方式,她喝的香槟,就是这样。她不是故意的,前天晚上她对你很好,今天晚上她还会如此。"

"不,"儒尔说,"要的是现在。一切都结束了。"

儒尔等待他的一个同乡、大学时代的朋友来访。他是个未来的画家。"他把希腊当作自己的妻子。"儒尔说。

阿尔伯特来了。他的希腊语比儒尔还好。他个子高,棕发,不帅但是有个性。他带来他的速写和摄影作品,其中一幅是一个被英雄举起的女神,她的脸上那一抹古风式微笑[1]吸引了他们的注意。这座雕像最近才在一个岛上出土,三人决定结伴前往参观。

他们成了三人帮,经常去公园里的露台甜点屋坐坐。那里是雅典中产阶级出没之地,他们四下寻找具有古希腊风格的脸庞,但是没找到。

他们一起跑遍了伯罗奔尼撒半岛。阿尔伯特是个认真而苛刻的导师。儒尔和吉姆跟着他深入观察各种东西。

1　指古风时期(公元前 750 年?—公元前 500 年)希腊雕像脸部所独有的微笑。古风式微笑的研究者有两种看法:一种认为它反映了人们健康的情绪和幸福的生活;另一种则认为是雕刻弯曲嘴巴的技术困难形成了这样的微笑。但后人都把"古风式微笑"代指端庄的笑容。

吉姆尊敬他，但他有些嫉妒吉姆对儒尔的影响力。吉姆有所觉察，也做出了反应。吉姆从阿尔伯特身上汲取科学知识，但不喜欢他面带微笑的独断。

在德尔斐[1]，他们事先雇的骡子没有来，只得骑着可怜矮小的驴子，跟着一个充当向导的半大孩子，在低垂的乌云和倾盆的大雨中翻山越岭。他们迷了路，驴背上坚硬的坐垫磨伤了皮肤，只好在一个偏僻破败的旅店住了下来。汤碗下面就有两只臭虫，为了防臭虫，阿尔伯特全身上下包裹在一种特别轻薄的袋子里，像个小丑。为了消磨时间，他们玩起了扑克牌，后来还是上床睡了一会儿，然后重新出发。

此地水质不洁，可能让人染上伤寒，旅店的茶水又没烧开，所以他们喝了有松香味的希腊葡萄酒。吉姆得了痢疾，脾气变得暴躁。午餐时，阿尔伯特再一次侃侃而谈他对宇宙万物的看法，归根结底，他的见解流露出他的种族优越感。

已经憋了很久的吉姆终于爆发，要求阿尔伯特收回他的话。他们似乎快打起来了，儒尔只是静静旁观，没有说话。他的态度平息了这场冲突。阿尔伯特感到惊讶，

1　古希腊城市，阿波罗神殿位于此地。

而吉姆很快恢复了以往的彬彬有礼。

他们乘坐一艘小小的蒸汽艇到达了那座岛，直奔他们寻觅的雕像，在它跟前整整逗留了一个小时。雕像的美甚至超出他们的期待。他们围着它看了又看，默不出声。雕像脸上的微笑居高临下，气势非凡，神采奕奕，仿佛渴求着亲吻，也许还渴求着鲜血。

他们无言，直到第二天才开口谈论它。他们以前见过这样的微笑吗？——从来不曾——如果有一天他们见到了会怎么样？——追随它。

阿尔伯特继续他的旅行。儒尔和吉姆回到巴黎，内心充盈着旅途接收到的神启，笃信自己感受到了凡人可以触及的神性。

14 乌鸦

巴黎温柔地重新接纳了他们。欧蒂尔彻底回到她的国家了，再也不回来。儒尔租了一个小公寓，他们一起选购家具。吉姆为儒尔设计了他想要的双人床：床架低矮，床头和床尾均为半圆形，配上全巴黎最讲究的寝具。

谁会被儒尔安置在这张床上呢？等着瞧吧。

他们对咖啡馆已经腻了，他们一起工作，但各做各的。儒尔最新出版的小说很畅销。他在书中以童话般的语气描述他交往过的女性，那些出现在他认识吉姆之前、甚至认识露西之前的女性。

在儒尔与吉姆的圈子之外，吉姆有自己的法国式情感生活，儒尔并不想牵涉其中。

儒尔跟着吉姆去了他母亲在勃艮第的房子，两人单独在那里住了一个月。秋天到了，他们徒步，踏着掉落的黄叶，一路步行到维泽莱[1]。他们一起打猎，儒尔把野兔驱赶到吉姆跟前，吉姆开枪射击，把打到的野兔吃掉。

某天下午，他们走得很远，走进了一片积雪的平原。旷野无人，天空中一大群乌鸦黑云似的盘旋。吉姆告诉儒尔用褐色长斗篷裹紧身体，把帽子拉低，一瘸一拐地跑起来，每跑二十步就倒地不动，静止片刻，扮演垂死的野兽。儒尔演得很好。吉姆在不远处隐匿着，只见鸦群在半空中围了一个大圆形，跟着儒尔打转。这个圆形的中心渐渐下降，逼近儒尔，呈现出龙卷风的形状，儒尔却完全看不见。

突然，黑云般的鸦群像低低的旋风向儒尔俯冲，即将进攻。吉姆此时很担心儒尔，在他的想象中，儒尔被乌鸦层层包围，帽子被掀起，眼睛被乌鸦啄去。

于是吉姆从他藏身的洞里跳出来，连忙开枪，鸦群略显迟疑，他跑上前又继续开枪，它们便怏怏地飞走了。

1　法国约讷省的一个中世纪小镇，著名的朝圣、旅游之地。

　　儒尔很为自己的表演得意，吉姆则很感动，好像被一个他并不明了的象征意义所打动。

　　他们还一起参观了一些罗马式教堂，他们在此地回忆的露西，比在雅典城里回忆的那个更像露西本人。

第二部分

凯　特

1　凯特与儒尔

巴黎。

儒尔告诉吉姆从他的家乡来了几个女孩，此番是三个柏林女孩。吉姆想静静地工作，并不想跟她们见面，可儒尔说他是她们巴黎之行安排的一部分，不需要占用他多少时间，对她们来说却是很大的帮助。

吉姆见到了这三个女孩，她们东张西望，说个不停。吉姆心想："她们完全不需要我们啊。以她们的年龄来说，经验算是非常丰富了。"她们兴奋地动手画油画，似乎刚来一个星期就已经熟悉了巴黎。

其中一个名叫莎拉，高个子，黑皮肤，属于朴实的亚洲式美女。还有一个既丰满又活泼，属于维也纳式美女。而第三个，是很典型的金发女郎，皮肤被晒成古铜色，属于日耳曼式美女。只要她们三人一起出现在舞厅里，总是引人注目。

凯特，就是那第三个金发女子，她的笑容和希腊小岛上那座雕像的微笑一模一样。

吉姆注意到了她，而儒尔每天都去见她，而且是单独去见，不邀请吉姆一道。这样持续了一个月。

儒尔来见吉姆，一副神神秘秘的样子，吉姆猜他进展顺利。他对吉姆说："七月十四号，我们想请你来，和我还有凯特一起欢度国庆之夜……不过……（他直盯着吉姆，一字一顿不紧不慢地说）……不沾惹这个女孩……好吗，吉姆？"

"好，不沾惹这个女孩，儒尔。"吉姆答道。

吉姆到了儒尔家，只见凯特穿着儒尔的衣服打扮成小伙子，她平肩窄臀，一头丰盈的金发藏在高尔夫球帽里，手上戴黄色皮手套，显得既胆大又机灵。不知情的人乍一看一定会以为她是个男孩。

"您觉得我们的朋友托马斯怎么样？"儒尔说，"我们今晚带他一起出去玩玩如何？"

吉姆仔细打量了"托马斯"，为她添上了一撮胡子，把长裤拉低一些，然后说："好了。"

"看路上行人认不认得出来！""托马斯"大喊。

他们三个沿着圣米歇尔大道一路走，每到一个十字路口的舞厅，儒尔就和"托马斯"一起跳舞。总有人说："瞧，女的！""你，你是娘们儿！""托马斯"被人看穿了，但也有别的女人像她一样乔装打扮的，又有儒尔与吉姆当她的保镖，所以她没有退缩，还挺受欢迎。

吉姆为儒尔感到骄傲。

她是个好伙伴，潇洒大方，对话时有机锋又令人愉快，跟欧蒂尔相比，她多了几分诙谐，少了几分胡闹。吉姆在心里已把凯特当成儒尔的女友，所以对她到底是个什么样的人并不多想。每当她的面部放松下来，双唇就自然呈现出纯真而又冷酷的古风式微笑，散发着她的全部魅力。

此后吉姆经常与他们见面，很喜欢跟他们在一起，现在的儒尔拥有一个热情待客的女友。他们一起唱歌，模仿那些老的法国香颂。他们还赛跑，三人晚上沿着蒙巴那斯公墓的围墙跑，跑让步赛，凯特总是第一，因为她总是抢在口令之前起跑。

儒尔那张大床上的两个枕头现在不叠在一起了，而是并排横放，床闻起来香香的。

儒尔跟吉姆说他想跟凯特结婚，某个吉日，她几乎答应了他的求婚。吉姆为两人担忧，他想说："停！等一下！"

凯特当着儒尔的面问吉姆："吉姆先生——"

"不，叫吉姆就好。"儒尔打断她说。

"就叫吉姆。"凯特说，"我想跟您谈一谈，听一听您的意见。明天晚上七点，您能不能在我们那家咖啡馆的前厅等我？"

吉姆看了一眼儒尔，征求他的意见。

"对，"儒尔说，"凯特想跟您谈一谈。"

他知道她想谈什么吗？

七点零四分，吉姆跑到了咖啡馆。因为时间观念不强，像平时一样，他又迟到了。他责怪自己，担心凯特比他早到了，四处找她，但没找着。他坐下来，等了一刻钟，心想："像她这样的女孩，完全有可能七点准时到了，找不到我，等到七点零一分就离开了。"他这样猜测着，心里很不安，无意识地拿起报纸来看，不一会儿放下报纸，又想："像她这样的女人可能快速扫过一遍前厅，如果没有看到被报纸挡住的我，就会转身走人。"他反复地想："像她这样的女人……可她到底是个什么样的女人？"于是，他开始直接琢磨凯特这个人，这是第一次。此时已经七点三十分了，他又想："我再等一刻钟。"

八点差十分时，他离开了。

凯特的时间观念还不如吉姆，她去美容院洗了头，烫了发，然后急急忙忙赶到咖啡馆，那时已经八点了。她很失望，等了十分钟就离开了。

第二天，儒尔来找吉姆，把事情经过告诉了他。

"如果我知道她一定会来，哪怕等到半夜我也会等。"吉姆说。

就在当天，儒尔和凯特动身离开巴黎，回他们的国家结婚去了。吉姆送他们到车站，给了凯特一个好玩的便携式折叠搁脚凳。

假如凯特和吉姆在咖啡馆里见到面的话，很多事情都会发生变化。

2 跳入塞纳河

一结完婚，处理完家庭事务，儒尔和凯特马上回到了巴黎。吉姆去他们家吃晚饭，墨洛温王朝[1]式大床正式启用。儒尔洋溢着幸福，张罗着一切。他终于成了一个真正的男人。吉姆看他威严地管理着各种问题，从床单、房租、保险到行李，令人眼花缭乱。只不过，他渐渐发觉儒尔解决问题的方式跟他把大礼帽收在炉子里的方式差不多。凯特也感觉到了，但没有表示任何反对，儒尔说什么她都说"是"，一切看起来井然有序。哪怕她有半点怀疑，儒尔都会难过。

他娶到了自己梦寐以求的金发女人。

---

1 法兰克王国的第一个王朝，存在于481—751年的西欧，疆域相当于当代法国的大部分地区与德国西部。

吉姆带着凯特和儒尔去伏尔泰码头附近吃饭。这顿午餐是为了庆祝他们新婚，很随意，三人按照自己的喜好和心情各自点菜。凯特穿着一条丝质的彩色条纹连衣裙。

儒尔开始聊起他和吉姆都感兴趣的文学话题，凯特对此一点兴趣也没有。吉姆想把话题引向凯特，但没有成功。儒尔的谈兴已发，而且在他的脑子里，凯特作为一个作家的妻子，应该耳濡目染地喜欢上这类话题。凯特带着她的古风式微笑，双目低垂。她在想什么呢？

儒尔对吉姆很亲切，却无谓地冷落了凯特。其实他们三人之间有过非常愉快的交谈，可是善良又谦逊的儒尔一直不让凯特加入谈话，独揽发言权。他几乎像在训练动物听话一样训练凯特。吉姆想到了玛格达大发脾气的那个晚上。他心想，凯特不会忍受这样的儒尔，她的身份是妻子，和玛格达不一样。儒尔怎么这么没有眼力见？凯特会用什么方式进行反抗？他们的爱情又会如何？——吉姆为他们感到难过。

漫长的午餐结束之后，凯特提议沿着塞纳河散步。三个人沿着货币博物馆老船闸往瓦尔嘉朗广场对面的码头走。儒尔一路不停地讲话，突然，凯特丢下手提包，脱下手套，轻轻分开儒尔和吉姆，纵身往塞纳河里一跳。

"噢！我先知先觉的灵魂！"[1]吉姆心里有个声音发出呼喊，同时他在想象中给凯特飞去一个看不见的吻。跳河这一幕深深印在他的眼睛里，第二天他为此画了一幅素描，他从来没画过素描。他心中迸发了倾慕之情，这个女人，至少，她不害怕做出让人意想不到的事！

儒尔像被一盆冷水淋得发抖，害怕凯特性命不保。吉姆则不动声色，他看凯特立定跳水的姿势很沉着，加之听闻过她的一些本事。他在脑海中与她一同在水下游动，一同憋气，尽可能憋得久一点，游得尽可能远一点，不等到吓坏儒尔不探出水面。

凯特的草帽随水流漂走了，帽子上面别着婆婆送的珐琅帽针。时间一秒一秒过去，儒尔抬眼望向吉姆，以为凯特已经溺毙了。吉姆示意他稍等，指着下游三十步远处，一个人的头浮出了水面，金发，她朝岸边游过来，脸上带着她一贯的微笑。她游得很费劲，嘴里喊着："我的裙子很碍事！帮帮我！"

吉姆跳到一艘小船上，但船是拴住的。他不算游泳好手，没能力下水救凯特，而且他判断她并非真的需要救助不可。他跑过去，脱下他的大雨衣，抓着一只袖子，把雨

---

1 原文为英文"Oh my prophetic soul!"，是莎士比亚的戏剧《哈姆雷特》中的一句台词。

衣放下，一直垂落到几乎碰着水面的高度。凯特抓住了雨衣的另一头。吉姆从码头上面拖着她逆流前进，就像把鱼拖向捞网，一直把她拖到小船边。凯特将身子探出水面，轻松地爬上铁梯子，大力抖动，像一只被淋湿的狗。

她打着哆嗦，儒尔脱下大衣裹住她，吉姆跑去叫了一辆出租车，把这对新婚夫妇推进车里，关上车门，把地址告诉车夫，然后离开。

第二天他发现儒尔苍白沉默，不再那么自大，而且更好看了。凯特的神态像个刚打胜仗的谦逊的年轻将军。他们再也没有提起跳河的事。

儒尔的母亲来到巴黎与他们相聚，一起周游法国——情况如何？他们很久以后才有机会告诉吉姆。

儒尔把公寓退了租，家具寄回德国家里。

他们回到了自己的国家生活，住在湖边的一间小屋里，生了一个女儿。吉姆准备去德国看望他们，当小女孩的教父。

就在吉姆预定出发之日的前三天，战争爆发了。他们被分开了五年，只能通过中立国家互通信息，告知彼此还活着。儒尔被派去了俄国前线。三人很可能再也没有机会见面。

3 一九一四年：战争
一九二〇年：山区木屋

1919 年，和平到来。他们恢复了通信。对吉姆所提的各种问题，儒尔的回答是："过来一趟亲眼看看！"

第二个女儿出生了。吉姆写信道："您怎么看？我也应该结婚吗？我应该要小孩吗？"儒尔还是回答："来一趟，您自己判断吧。"凯特在信末写了一句话，邀请吉姆去德国。

六个月之后，吉姆去了儒尔的国家。与儒尔的重逢这件事如此重大，以至于他一直拖延着，在莱茵河区游玩了一阵，先后逗留了好几个城市。

重要的日子到了，吉姆在一楼等待儒尔。儒尔需要穿过一片大草地，吉姆看见他远远地走来，小碎步有些拖沓，心不在焉，略显疲态。这些年，他有了妻子、两个孩子，上过战场，活着回家，而现在他正朝他慢慢走来，他们差点再也无法相见。吉姆凝望着儒尔。

当他走到跟前，吉姆跑过去。他们热烈地互相亲吻脸颊四次。

被中断的谈话再度开启。他们发现彼此都成熟了，但并没有太大改变。他们整整聊了两天，坐在一张方形木桌子旁，点着长长的雪茄，诉说各自的战事。儒尔不愿深入谈论他的家庭生活，吉姆感觉他在这方面并不太如意。

第二天凯特带着两个女儿在小车站月台的栅栏门口等待吉姆。儒尔上城里与他的出版商见面去了（他是故意这样安排的吗？）。

她穿着一套白色的衣服，身材匀称，头发用金色的发网盘住，耳边戴着光滑的圆球形象牙耳环。

吉姆看到她，内心一震。凯特已经变成一个光彩夺目的女人。那抹古风式微笑绽放着，比以前更显眼，向他射出了利箭。她的眼神里满是幻想和大胆。她的胸部像浮在水面的船只轻轻晃动。她高贵优雅的双手各牵着一个小女孩，大的那个叫伊丽莎白，模样像儒尔，气质更高傲一些，小的那个叫玛蒂娜，模样像凯特。

凯特开口说："你好，吉姆。"

她那低沉的声音和她的一切十分相称。吉姆觉得，她像是来赴那次错过的咖啡馆的约会，特意为他梳妆打扮的。

她带吉姆来到了他们的乡下木屋。屋子坐落在一个自然公园里，公园里有冷杉林和一块长满青草的坡地。吉姆将和他们一起在家里用餐，但睡在附近的客栈。

童话般美好的一星期开始了。儒尔每天早上把一壶牛奶咖啡和涂了牛油的烤面包片送来吉姆的房间，还有为了交谈准备的清淡雪茄。儒尔正在写一本很棒的书。他看起来像个僧侣。他与凯特并不睡一间房。她对他既温和又严厉。儒尔让吉姆慢慢地发现：没错，是的，他们的爱情之花已经枯萎。

吉姆并不吃惊，他记得儒尔与玛格达以及其他所有女人在一起时犯的错。他对凯特的感觉非常准确。他猜到了一些事情，又从儒尔那里得知了一些。凯特不再是儒尔一个人的女人，她有其他的情人。

吉姆为儒尔感到很悲哀。他把梦寐以求的金发女人娶回了家，可是她现在几乎不再属于他……虽然如此，吉姆无法评判凯特：她难道是像当年跳入塞纳河一样跳入不同男人怀里的？

第二个星期开始了。

凯特居高临下指挥着整个家。她有个年轻能干的女管家，叫玛蒂尔德，也是她的好朋友。在与出版商接洽方面，凯特比儒尔更擅长。儒尔的工作范围很明确：写书，去买牛奶和食物，到邮局取信。他既守时脾气又好。战争令他们的家庭收入大减。

凯特把一切事情都弄得十分欢快：女儿每日例行的洗澡时间变成了芭蕾喜剧，花样不断翻新，儒尔和吉姆充当观众。而日常每一餐都是欢乐时光。她说："生活应该是永无止境的假期。"就这样，她把身边的一切都变成度假一般轻松愉快，不管是对大人还是小孩来说，而正经事儿还办得妥妥帖帖。

她对自己的睡眠相当重视，她想睡多久就睡多久，想什么时候睡就什么时候睡，家里的其他人都不干扰她。

当一切进行得太顺利，大家都太习惯于这样的日子，她有时候反而不满意。她改变姿态，穿上马靴，扬起一根马鞭，像个驯兽师，用言语和动作拼命催逼。

她宣称这个世界十分富足，不妨偶尔弄虚作假。她事先会祈求上帝原谅，笃信自己一定会得到宽恕。伊丽莎白很平静地对此表示有点怀疑。

在有些日子里，吉姆很想站出来帮所有人对抗凯特（他也想过帮所有人对抗欧蒂尔，但他从未想过对抗露西），这是他的执念，在儒尔与凯特结婚之前，在她跳塞纳河之前的那次午餐过程中，他曾想帮凯特对抗儒尔。她一贯是温柔大度的，但是当她感觉自己没有得到足够重视，就会变得很可怕，从一个极端转向另一个极端，发起粗暴的攻击。

儒尔仍然爱凯特，却只能压抑着这份欲望。他现在明白自己已经失去她了。凯特折磨别人时自己也被内心的魔鬼所折磨，他觉得她很可怜。在他眼里，她就像大自然的力量，通过制造各种灾难来表达自我。

家里笼罩着一种危机四伏的气氛。

在第二个星期里，吉姆开始明白凯特可能会出走。她出走过一次，一走就是半年，而且谁都不知道她会不会回来。现在她不过刚回来几个月，又重新感到了压力。儒尔感觉她又要惹出事端，而他准备好接受她的攻击，就像接受鸦群的袭击一样。对，他不再拥有一个真正的妻子，这个事实难以忍受。对她来说，他不是她需要的丈夫，她也忍受不了这个事实。他已经习惯了她偶尔的不忠，但还不能习惯她离他而去。

那"事端"有了清晰的眉目，而吉姆对这一眉目非常反感。阿尔伯特，那个以希腊为妻的男人，第一个爱上古风式微笑的男人，正在邻村度假养病。凯特挑逗过他，她说一开始只是游戏，可对她来说一切不都是游戏吗？阿尔伯特与她重逢，再次见到那座岛上雕像的活生生的翻版；凯特怂恿了他，给了他能得到她的希望。他为人耿直，对儒尔坦白了一切：他要娶凯特，要凯特和儒尔离婚，把两个女儿也一起带走。

就这样，这个家里光彩熠熠的女王凯特，准备远走高飞了。

吉姆心想："不能这样！"

儒尔向他坦承了更多细节。据他所知，从他们订婚开始，她有过三个情人。第一个是在他们婚礼前一天晚上，是她过去的情人，一个运动员。那次是为了告别单身，也是为了报复儒尔——为了一个儒尔并没有意识到的错。

三年之后，战争刚结束，她就在儒尔眼皮底下和他的一个年轻朋友来往。那是个高大的金发男子，贵族，有教养。吉姆也认识此人，在巴黎见过青年时代的他，对他非常欣赏。"这倒不是个坏的选择，"吉姆想，"他们一定有过一段快乐时光。"

凯特说过这段关系"并不重要"。

最后，在她最近那次长时间的离家出走期间，她勾搭了一个乡绅，一个在他的领地里拥有绝对权力的人。某一天她又回来了，回到家时高兴到热泪盈眶，开始用手腕和爱整顿一切。就是这样。

这些都是儒尔听凯特亲口说的，她一点点地，巧妙地透露一些零碎的片段，保留着想象的空间。而眼下的威胁是阿尔伯特。

吉姆了解到凯特仍给予儒尔少量的恩爱，但愈来愈偏向墙外。儒尔渐渐地放弃了她，放弃他对尘世的期待，所以他看起来像个"僧侣"，而他对她并没有怨恨。

吉姆一度疑心凯特是为了儒尔的钱才嫁给他的。当然不是，他可以肯定她嫁他是为了他的才气、奇思异想和无欲无求。只不过，除儒尔之外，她还需要一个属于她的跟她同类的男性。

她也许在刻意做些什么来引诱吉姆（对此吉姆完全无法确定），但难以察觉。她只有在达到目的的时候才会显露她的意图。儒尔和吉姆叫她"拿破仑"，还就此写了一些诗，让小女孩朗诵。

一天早上，吉姆要到村里去。凯特从发间取下一个小小的铜发卡递给他，请他帮她买几个一样的。走在路上，吉姆发现自己一直把那发卡含在双唇之间。

凯特感觉儒尔跟吉姆说了她的事。她表示她也想跟吉姆单独谈谈。她当着儒尔的面邀请吉姆一起到树林里散步。

他们走在月光照耀的小路上，默默无语。

"您想知道什么？"她问。

"没什么。"吉姆说，"我是来听您说的。"

"为了评判我吗？"

"上帝不准许我这么做！"

"我不想对您说什么，我想问您问题。"

"问吧！"

"我的问题是：说吧，吉姆，您说。"

"好，要我说什么呢？"

"说什么都行。就像您常讲的，直接开始。"

吉姆开始讲述："很久以前，有两个年轻人……"他没有提到名字，但他描述的就是儒尔和他自己，他们的友谊，在巴黎的生活，在某个女孩进入他们的生活之前；她的突然出现，她如何出现，接下来的那句"别沾惹这个女孩，吉姆！"（至此，吉姆忍不住说出了自己的名字）以及后续，三人一道玩耍等等。凯特看得出来，当吉姆讲到跟她有关的部分时，一切历历在目。她纠正了一些细节，又补充了一些。

吉姆回顾了他们彼此错过的那次咖啡馆之约。

"太可惜了！"她说。

"太可惜了！"他说。

然后他说到他对他们三人一起时的看法，他说到儒尔身上隐藏的宝贵品质。

"没错。"她说。

他还说到一开始他就预感到儒尔无法留住她。

"如果我们那次在咖啡馆见了面，您会对我这么说吗？"

"会的。"

"请继续说下去。"

他说到了战争，怎样和儒尔重逢，他逆来顺受的样子，凯特和她两个女儿在月台栅栏边的出现，与他们相伴两周的快乐，以及他的所见所闻，尽管他对凯特的生活知之甚少，他也觉察到了阿尔伯特的存在和求婚。

"您站在儒尔一边，反对我吗？"

"不比他本人更反对。"

他说了近一个小时，甚至没有隐瞒自己曾疑心她嫁给儒尔是为了钱。然后，他打住了。

"我以我——凯特——的经历来重新讲一遍这个故事。"

她开始从她的角度，比吉姆更加深入、记忆更为完整的方式讲述凯特与儒尔的故事。

没错，一开始是儒尔的慷慨、憨厚和不设防的态度让她倾倒，征服了她：儒尔和其他男人如此不同，对比鲜明！她想用自己的快乐治愈那些令他不知所措的神经质发作，可她最终发现那已经是他不可分割的一部分，幸福生活（因为他们曾经很幸福）并不能使之改变。他们相互对立，无法融合。

儒尔的家人对凯特而言是极大的折磨。婚礼前一天的招待会上，儒尔的母亲做了一件蠢事，深深伤害了凯特，儒尔还对此无动于衷。为了惩罚他，她即刻找了旧情人——对，情人，哈罗德——幽会了几个小时，以此报复，算是扯平了旧账与儒尔结婚，一切从零开始。她并没有对儒尔隐瞒自己的旧情。

与儒尔和他母亲一同周游法国的蜜月旅行简直不堪回首。儒尔的母亲出钱，旅行极尽奢华，儒尔因此处处受制于母亲。凯特非常后悔嫁入了这个家族，她觉得自己被侮辱了，儒尔却说她犯了大不敬之罪。

后来，他们把家安在普鲁士的一个小湖边，远离他的家人，两人世界有好也有坏。在等待第一个孩子出生的时候，儒尔给吉姆寄过一张凯特的照片，照片里的她像一头愤怒的母狮。小女孩的出生——吉姆原来要去当教父的——很不顺利，因为她的父母当时关系紧张。

战争爆发后，儒尔被派到东边作战。他尚且有时间在战壕里给她写信。两人分隔两地，她反而更爱他了，重新给了他一种光环。两年后他休假回家，他们又闹翻了，感情彻底破裂。她感觉儒尔拥抱她时像是一个陌生人。他后来重上前线，接着第二个女儿顺利地出生了。

"她长得不像儒尔。"吉姆说。

"随您怎么想。"凯特说，"她也是他的孩子……但是我对他说：'我给你生了两个女儿，我已经够了。义务已经完成。我们分房睡，我要重新拥有自由。'

"这时候恰好出现了你们的朋友，或者应该说我们的朋友，年轻的弗图尼奥，像空气一样自由的弗图尼奥——我也是。他是个温柔的情人，我们两人的假期多么惬意！但他实在太年轻，那不是认真的感情。

"我渴望在大自然里严格艰苦地劳作，去了北欧的一个农场工作，从底层干起，和农妇们一起干活。夜里，我水罐里的水会冻成冰。我在那里学会了种植作物和照料牲畜。那段日子很美好。

"我注意到农场主人精力十足，大家都怕他。他也注意到了我。

"我的生活发生了变化。他带着我打猎，我学会了跟他一样咒骂懒惰的雇工。我还是一样地工作，但是地位提高了。这一段日子也很美好，也许我应该持续下去的。但是在一个晴朗的日子里，我突然对这些都腻了。令我惊讶的是，我开始想念儒尔的纵容和闲适，两个女儿像磁铁一样吸引我回家。我偏离了我该走的路，于是我离开了。

"我回来才不过三个月。儒尔对我而言已经不算丈夫。您不用为他难过，我不时还会让他舒服，对他来说足够了。

"还有什么？……对了，阿尔伯特，他住得不远。他说起过你们三个都为之着迷的希腊雕像。我只不过和他调情。他有些古怪，但是他有一种天生的威严气概，那是弗图尼奥和儒尔都缺少的。他要我抛下一切嫁给他，要把两个女儿和她们的母亲一起带走。我对他怀着友爱，但目前仅此而已。

"您听得很明白了，我说得比您还多呢。天要亮了。我并没有坦白一切，并不比您坦白得更多，也许我还有其他情人……但那是我的私事。我只说了您提及的那些事——我们该回去了。"

　　他们快走到木屋了。不能让凯特走！吉姆的这个反应有多少是为了儒尔，又有多少是为了他自己呢？他永远无法弄清楚。他拖延着，一直等他们走到树林边缘的最后一棵树下，在离儒尔正在酣睡的木屋二十步远的地方，他把双手放在凯特的肩头，低头挨近她的脸。他们四目相对，接下来将发生什么？良久，凯特突然向前凑近，她的脸颊和她的上唇轻轻地扫过吉姆的双唇。他感觉到一种不可思议的柔软。吉姆的手放开了，凯特跑回屋里。

4 阿尔伯特——营火

阿尔伯特过两天来家里吃午饭。

吉姆把和凯特散步的经过原原本本地告诉了儒尔，包括最后一刻的举动。儒尔听着，不言不语，像是站在台球桌旁的观众，看着球如何滚动。但吉姆感觉儒尔站在他一边，对抗阿尔伯特。

阿尔伯特还是那副"我永远正确"的模样。凯特假装天真地轮流赞美这三个男人，戏弄他们。没人回应她。这三个男人被她的微笑牢牢驾驭着，就像心甘情愿被套在一起的牲口。她自在地随着她的意愿引导着话题，有时还很专制。她变成滔滔不绝唱主角的那个人，对三个人的态度各不相同，但无法做到同时应对自如。算了。

她意识到自己做得不算很成功，迁怒于三个男人，硬着头皮继续耍他们。

她亲自用嘴为他们一一点燃大雪茄。这个举动在他们看来有失体统，给人淫乱之感。吉姆想扔掉雪茄夺门而逃，但他留了下来，希望借此机会断绝心中对她的爱意。

她穿上马靴，拿起马鞭，像市集里耍把戏的驯兽师，而他们则是被耍的动物。她要他们来给他们自己看。

吉姆心想："母鸡群里的一只公鸡很可笑，公鸡群里的一只母鸡也一样可笑——除非所有公鸡为了这只母鸡斗得头破血流。大概凯特期待这样的结局。"

四人一起在乡野里漫步了很久，终于驱散了不愉快。他们来到一个外地人聚集的营地，有个乡村马戏团在表演。一辆车上满满地坐了七个小孩，从一岁到十二岁，健健康康，开开心心，他们的父母也是。

"这才是真正的富足，真正的幸福！"凯特感动地说。

她把手袋里的糖果和钱给了他们，这一举动又收复了吉姆的心。

她对三人一一释放善意。和阿尔伯特，她聊起了展示在玻璃柜里的一批石头收藏——他们俩小学的时候都有过收集石头的爱好——提及了各种奇怪的石头名称。吉姆听了心生嫉妒。

在看马戏团的表演时，凯特在那些矮矮的小丑和杂技演员面前重温了美妙的童年。

阿尔伯特走了，他们开始议论他。儒尔兴致勃勃地问凯特她是怎么勾引阿尔伯特的。凯特描述了一遍自己如何（近乎）诚恳地跟阿尔伯特倾诉自己不幸的家庭生活。儒尔、吉姆和玛蒂尔德笑出了眼泪。与阿尔伯特一起出走的危机似乎暂时解除了，尽管凯特仍有可能出去寻欢。现在全家人都支持吉姆。

"不过，一旦得到，凯特是绝不会放手的。"儒尔对吉姆说。

吉姆礼貌地指出凯特和儒尔分别讲述的不同版本的故事存在一些分歧，觉得奇怪，希望他们进一步解释清楚。于是三人商量好一起去散步，好好聊聊，凯特和儒尔两人轮流讲述，以便对质。

在草丛里陪小女孩们玩过翻跟斗比赛之后，他们朝着八公里之外的一个乡村客栈走去。凯特要求儒尔先讲，他带着一贯的幽默和谦逊态度讲述了起来。他描述他如何爱上凯特，惹得他们发笑。一开始气氛很好，吉姆期待这两个擅长讲故事的人精彩地你来我往，但是，当儒尔说到婚礼和他的家人时，气氛开始变得紧张。他对凯特跳河那件事的描述在吉姆和凯特看来不够准确，说那是凯特一时冲动之举，并不是因为儒尔把她逼入绝境而做出的反击。接着他说起他们和他母亲周游法国的蜜月旅行，凯特忍不住打断了他，火冒三丈。本来大家说好这一次对质要和和气气，但凯特此时重温了一遍自己遭受的冒犯。诚然，她当年没有即刻摆出脸色，儒尔以为没什么关系，其实旧账上再添新账。而且，儒尔显然至今依旧没明白！

凯特只感到一阵绝望和愤怒。这是吉姆第一次看到她如此伤心。

她很快连吉姆也一道鄙视起来，差点要说"男人都……"，就像儒尔一向说的"女人都……"，吉姆一下子理解了儒尔为什么会神经质发作。他暗想："每个人都有自己的痛处，各不相同，谁也意识不到它的存在。我自己的痛处又是什么呢？"

在痛处被戳中、神经质发作的时刻，凯特为她的欢愉、永不休止的假期和她散播的快乐付出了代价，同时也让其他人付出了代价。

晚餐气氛很糟糕，回程很不愉快。

第二天，凯特整天待在她自己的房间里。

第三天，天空又变蓝了。

他们在花园里举行橡胶箭弹簧枪射击比赛，射击的目标是抛向空中的气球。凯特得了冠军。接着他们玩射靶，凯特发现吉姆在瞄准的时候脸上的表情很怪。她去找来一面镜子让吉姆照照看自己的脸，但他做不到一边瞄准一边照镜子。射击完成之后，她让他再来一次，说："瞄准我！"两个小女孩模仿他的表情瞄准吉姆。

吉姆教他们怎样拉开大弓，铜箭头笔直向空中飞去，飞得那么高，都看不见了。大家害怕它掉下来砸在某个人的头上，互相拉着手，闭着眼睛等待那支箭落下。

吉姆还带来一个硬木制成的肘形回旋镖。经过几次试投，它逆着风飞了出去，在空中画了一个圆弧后飞了回来，直插入伊丽莎白脚边的草丛里。大家便不敢再玩了。

这日子确实是无止境的假期。

有一天，玛蒂娜在大水塘边玩，吉姆在一旁看管。

她三岁，穿着睡衣。天很热，她向吉姆投去一个"你懂我的意思"的眼神，然后脱下裤子走进水里，停住，再脱下上衣抛给吉姆，那姿势跟她母亲一模一样。吉姆看着这个光着身子的小女孩稳稳地小步往前走，一直走到水塘中央，水淹到她肩膀的位置。他第一次明确地渴望与凯特生一个孩子。

他独自在饭厅工作，从背后突然传来的声音把他吓得一抖。原来是伊丽莎白，吉姆的小徒弟，她刚刚用玩具弓朝玻璃窗射了一箭。吉姆温柔地对她解释不能把窗户当靶子，会弄坏玻璃。她睁着天真的双眼听着，一副听懂了的样子。可是，她又朝窗户射了三次箭。吉姆换着法子给她解释了三遍。凯特进来，微笑着看着女儿说："不可以。"伊丽莎白就再也不闹了。吉姆很诧异，自己居然没能跟小女孩说明白，凯特却说："她肯定是自己想象了一个好玩的故事，故事里她的任务就是往玻璃窗上射箭。"

凯特、她调皮的胖表妹安妮，还有她在巴黎的一个老朋友——名叫拉雪尔的棕发高个女孩，再加上儒尔和吉姆，他们五个背上背包去森林，在那里野餐，接着徒步一直走到月亮升起。气温降低了，带头的凯特停下来，指挥众人生起一堆营火。高高的火焰燃烧起来，凯特说："请每人轮流丢一件东西到火里献祭，许下一个愿望。"她把自己的一条丝巾扔进火里，一下子灰飞烟灭。吉姆身上除了一把刀找不到更好的东西，于是丢了一本笔记簿。他许的愿跟凯特有关。

拉雪尔对吉姆有些敌意，总跟凯特私下说话。凯特和表妹决定要气气她。她们说了一些很离谱的离经叛道的事，拉雪尔真的开始愤愤不平。儒尔憋不住大笑，只好假装咳嗽来掩饰。前一天晚上他头痛，吃了阿司匹林，所以有时候心不在焉，有点失神。

凯特和表妹比赛古典式摔跤，姿势滑稽，抓法难度大，拉雪尔觉得很厉害。接下来凯特挑战吉姆。他们在草地上、枯黄的落叶上滚动，用力发出吭嗨声，一直滚到火堆旁，吉姆把凯特抱在怀里，不想结束比赛。拉雪尔后来说，他们抱在一起，除了摔跤肯定还做了点别的什么。

五人在暗夜中走了很长的路，来到湖边的一片草地。凯特来过这里，她独自走开了，不久大家听到跳水的声音。她在水里憋了好久，就是故意让儒尔担心她的安危。她总是和水神一起吓唬她身边的男人。

　　过了一会儿，她从黑暗中重新出现，心神荡漾又瑟瑟发抖，安妮和拉雪尔用专门带来的粗糙大毛巾为她擦身体。

　　太阳升起来了，他们碰见一个流动酒贩，买了点德国烧酒。有水果店开了门，儒尔去为大家买水果。因为他很疲倦，再加上阿司匹林的作用，他顺着大腿挪动食指，转转头或伸伸鼻子向水果店老板娘示意要哪种水果，完全没有抬起他的手臂。同时，他喃喃低语，既向水果店老板娘说话，又自言自语，还向上帝祷告，语调单一不变。其他人透过稀疏的灌木丛望着他，拼命忍住不笑。当他捧着一大堆水果回到湖边，大家一一亲吻他，使他清醒了一会儿。

　　在林间，迎着朝露，他们见到了一群狍子，直到下午他们才回木屋睡觉。

5 凯特和吉姆——安妮

　　某天晚上，夜深了，凯特求吉姆去他住的客栈为她找一本书。等他把书取回来，全家人都睡了。凯特一人在饭厅里等他。乡村风格大饭厅里弥漫着上了蜡的木头的香味。

　　她穿着白色睡衣，光滑的脸庞上扑了粉。整个白天他都想着她。

　　她倒在他怀里，坐在他的膝头。她的声音低沉。这是他们第一次欢好，持续了整个下半夜。两人不言不语，互相靠近。她向他敞开怀抱，风情万种。黎明时，高潮来临。她的表情混合着欣喜欲狂和难以置信的好奇。这完美的结合，还有她脸上绽放得愈发美丽的古风式微笑，在吉姆的心里生了根。他被完全禁锢了，对他来说，其他女人都不复存在。

他们的欢愉穿透了整个屋子。凯特的心腹玛蒂尔德一直担心阿尔伯特把她带走，此时舒了一口气："这下可好了！"

两个小女孩喜笑颜开，尽管她们并不明白。

儒尔不再对吉姆说"别沾惹这个女孩，吉姆！"，而是默许了他们。

他们的进展速度令他害怕，他对吉姆说："小心，吉姆！你要小心，她也要小心。"

"好的。"吉姆想，"要小心！可是小心什么呢？"

凯特把她生活中最重要的人都聚在身边，她求吉姆搬到木屋来一起生活。他有自己的小房间，但他睡在凯特的房里。他们一刻也不舍得分开。

凯特的大房间方方正正，有一张双人床，还有一个宽敞的木头阳台，围着一圈雕着花纹的木栏杆：在这里，没人看得见他们。

白天，凯特、吉姆和儒尔三人经常一块儿待在大阳台上，在向阳处，或在阴暗处，视天气而定。他们在那儿洗泡泡浴，水溅湿了地板。凯特有一套日本式理论：

裸体只有在刻意摆出色情的姿态时才是色情。她自在地在他们眼前沐浴——然后轮到吉姆洗，再然后是儒尔，三人一边说着话。这是形式上的陪伴。儒尔与吉姆和他们钟爱的活生生的希腊雕像一起生活，为此对她心存感激。

凯特说："我们应该从零开始，重新制定规则。需要冒一定风险，而且随时准备付出代价。"

这是她的基本信条之一，吉姆对此也深信不疑，这让他们惺惺相惜。儒尔则既不反对，也不赞成。他是善意的观众，随时总结他们两人的新发现。他有时会引用一段古希腊文或中国格言，所表达的意思和他们的言论一致。凯特说："是吧，我们早忘了。"

某个酷热的日子，他们互相泼洒凉水降温。之后，凯特临时起意去撩拨儒尔。儒尔坐在阳台角落里的酒椰草垫上。凯特坐进他的怀里，双手勾住他的脖子，一下将他扑倒，整个人压在他身上。

"不要，不要。"儒尔说。

"就要，就要！"凯特说。

吉姆就在不远处的另一个角落里，听得很清楚。她正给儒尔最大的快乐。吉姆不去正视他们。他同意凯特这么做，也为儒尔感到高兴。他自忖："如果我以为他们完全水乳交融，我还会这样想吗？"

安静了片刻之后，凯特和儒尔又低声说起话来，儒尔的表情有些困惑又不失愉快。

过了一会儿，凯特向吉姆发起进攻。他俯身看着她的瞳孔，惊讶地发现那双黑色眼睛的深处映照不出他全身心交付于她的任何东西。

一天无事，凯特对他们没有什么不满。她发现："吉姆完全不来阻止我。他信任我。他不嫉妒我分给儒尔一些雨露。"

凯特再也没有重复这个游戏或者说这个体验。

一个月前，到达儒尔家之前，吉姆曾在凯特城里的表妹安妮家住了两天，她把自己的工作室借给他。吉姆彼时心无牵挂，便和安妮调情。她跟他说了自己对一个画家的爱情，吉姆还跟这个画家见了面。这并没有妨碍他们——安妮和吉姆——多次共赴云雨。

后来，吉姆又一次进城，与安妮又见了一次面，和她一起跳舞。告别的时候，他好玩地当着拉雪尔的面亲吻了一下安妮的头发。拉雪尔立刻报告给凯特和玛蒂尔德，颇有微词。

凯特做了最坏的推测，吉姆和安妮之间有私情，而且一直在持续。

凯特什么都没说，邀请安妮来玩。他们在公园里游戏，安妮很轻松自在，吉姆则全心都在凯特身上，但玛蒂尔德因听了拉雪尔描述吉姆背叛凯特之后气愤不已，非说她看见吉姆和安妮在捉迷藏时偷偷接吻。晚上，安妮和两个小女孩一起玩写字游戏时，犯了个弗洛伊德口误，给了个古怪的答案。

凯特表现得十分镇定，叫吉姆和她一起去公园散步。她披着一条雪白闪亮的长披肩，头上戴着同材质的缠头巾。她突然变得冷酷，不断讽刺。吉姆不明所以，但又问不出什么。最后，她告诉吉姆："我决定明天成为阿尔伯特的情妇，我已经给他打过电话。"

吉姆在满满的幸福里突然被迎头一击。凯特拒绝解释，他努力一点一点地问出安妮和拉雪尔的情况，终于弄明白发生了什么。他承认上个月与安妮短暂的调情，但是自从与凯特在一起，除了凯特再没有任何人能够打动他。他以为这是显而易见的。但她不为所动，摆出触不可及的样子。她到底有没有听他解释？吉姆费了两个小时的口舌，最后不得不提议他们俩一起去见安妮，当面澄清。凯特接受了，但那天晚上她第一次拒绝了他。

　　他们搭乘早上第一班火车进城。凯特请安妮接待他们，并要安妮请来她的男友，安排了一个四人化装舞会，准备了服装、冷餐和留声机。她一会儿表现得像个客人，一会儿像个审讯者。她故意吸引安妮的男朋友，留给吉姆和安妮充分接触的机会。他们俩发觉了这个陷阱，安妮害怕凯特会对她的生活造成破坏。天快亮时，画家朋友离开了。凯特几乎平静下来了，终于跳到床上，扑进吉姆的怀里，命令表妹为他们画素描。她要亲眼看看安妮是不是真的对吉姆没有爱情，吉姆是否不以为意。吉姆果然不以为意。他们俩总算把安妮抛诸脑后。凯特松了一口气，把那张胜利的素描钉在了墙上。

　　吉姆觉得他们爱火重燃，重新体会到生的乐趣。第二天他出门了，要离开五天，和凯特的一些杰出的同胞会面。与他们交谈的时候，他仍然沉浸在她的气息之中，她帮助他更好地理解这些人。第四天，他收到她寄来的一封措辞含糊的信，意思是她不喜欢分离。他便连忙往回赶。

　　凯特独自去山上徒步，走了两天，并把徒步的经过一小时一小时地记录了下来。起初的喜悦渐渐消散，怀疑再度浮现。不管怎么说，吉姆和安妮在凯特之前有过私情。凯特的男人不应该有值得怀疑的行为。既然存疑，就得惩罚。而且，不能让吉姆过于自信。她得用自己的方式处理旧账，清零之后重新开始。

第四天，她打电话给阿尔伯特，把他叫来家里，和他独处了数小时，给了他很多的爱抚。这些都记在了她的日记里。最后她让阿尔伯特满怀希望地走了。

对她来说，每一个情人都是一个单独的存在。在这个人身上发生的事与其他人毫无关系，但这并不能使她免于嫉妒。

有一天，大女儿生病，凯特带她去看医生。她对医生说："这是我唯一的女儿，大夫。"

大女儿很吃惊，说自己还有个妹妹。

"什么？"医生问。

"另一个是我唯一的小女儿。"凯特说。

她对待情人的方式如出一辙。

吉姆回来了，热切地渴望着她，凯特似乎也怀着爱意欢迎了他的归来。然而，他总感觉家里有点不对劲，儒尔也显得有些局促。他提出了疑问。凯特拖了好几天，让他心里饱尝煎熬，最终才将她和阿尔伯特之间的事告诉了他。

吉姆此时反应过来，她这是延迟报复，她以前就这样报复过儒尔。他认为她这是在无故地糟蹋两人的感情。

自从吉姆来了以后，玛蒂尔德和儒尔不再担心阿尔伯特的威胁，现在又开始惴惴不安。

儒尔对凯特说："以剑杀人者必死于剑下。"

凯特得意扬扬地盯着他说："如果我有一丁半点的疑心，我会比对方做得更绝。"

吉姆想离开。他表现出的痛苦让凯特彻底心软了。她挽留住了他。他最终明白，她认为自己不过是追求公平，可能是一时冲动，但她非那么做不可。

"那就这样吧。"他说，"我们重新开始。"

两人重归于好，家里的其他人也很开心。

有一个晚上，她给他们念克莱斯特[1]的剧作《彭忒西勒亚》[2]里她最喜欢的一段。彭忒西勒亚疯狂地杀死了已经放下武器并且深爱她的阿喀琉斯。

"她为什么要杀他？"吉姆问，"他已经丢掉武器，而她还要全副武装？她不能用别的办法打败他吗？既然

1　Heinrich von Kleist，1777—1811，德国剧作家、诗人，在德语文学史上具有极其重要的地位。作品包括《Ｏ侯爵夫人》《彭忒西勒亚》等。

2　克莱斯特的剧作，彭忒西勒亚是希腊神话中战神阿瑞斯的女儿，亚马逊人的女王。

他们相爱，为什么要打败他？她杀死他的同时也完全暴露了自己的弱点。是不是她后来会自杀？"

凯特回答："有什么比爱你的人流的血更美？"

她又说："我在你的心里，吉姆，我要饮尽你心中的血。"

儒尔曾说："古风式的微笑是用奶……还有血浇灌出来的。"

凯特的双唇正是为奶和血而生。

6 火车头——在城里

两人和好之后，凯特想换换环境，离开湖边木屋，单独和吉姆到城里去生活。她还想每天下午练习舞蹈，编出一支适合音乐厅表演的舞。

他们俩还有儒尔和玛蒂尔德一起到了车站，把行李箱放在地上等火车到来。天色渐暗。凯特踩在一道反光的铁轨上行走，摇摇晃晃。远处弯道出现了一双雪亮的火车头灯，越来越大。凯特仍站在铁轨上，朝他们走来。儒尔害怕极了，再也忍受不了她这杂耍似的游戏，大声呼喊：

"凯特，凯特，发疯啊？快下来，我求求你！"

凯特更放肆了，开始跳起了舞。火车头的灯愈来愈近。

吉姆低声对儒尔说：

"别喊了，儒尔，这样只会刺激她。你越怕她就越兴奋。"

火车进了站，放慢了速度。吉姆站在行李旁，眼睛望着凯特。她在火车头即将撞上来的最后一刻才轻轻往轨道旁边一跃，刚刚好躲开了。吉姆于是弯下腰提起了行李箱，往火车头方向跑，因为他刚才瞥见前面的车厢有空位。天已经完全黑了，几乎看不清楚环境。他突然撞到了横在地上的一个软软的包，连忙抬脚跳过去，差点跌倒。他回头俯下身去看，竟然是一个女人的身体。人们团团围上来。吉姆正想继续往前跑，却见一盏灯照过来，他认出儒尔弯着身子在查看地上的女人，原来躺在那儿的正是凯特。

她被扶了起来，站不太稳。吉姆摸了摸她的身体，活动了一下她的四肢，好像没有骨折。她喃喃地说："我的头，后面。"吉姆伸手一摸，沾到了血。她的后脑勺有个伤口。

原来凯特在轨道上被雪亮的灯光刺得什么都看不见，火车头比她想象的宽得多。她跳下来时被火车头刮到了身体，把她撞向一边，她顺势朝前冲了三步。

"我们还走吗，凯特？"吉姆问。

"走。"凯特答。

离发车还有一点时间。吉姆架起凯特，推着她往前走，一直走到第一节车厢，把她像包裹一样拎上了火车，再接住儒尔和玛蒂尔德递过来的行李箱。火车开动了。好心人在拥挤的车厢里让了一块地方给凯特坐下。她昏迷了一会儿，清醒了过来。吉姆只能站在离她很远的过道上，那里挤满了男人，充斥着烟味。

儒尔与吉姆都没办法还原出她跌倒时的情况，她自己也想不起来了。

他们在一个小小的供膳宿的公寓里落脚，把两张窄窄的单人床并作一张大床。凯特大腿处有一大片瘀青，头上有一道伤口，还有一些挫伤，浑身酸痛。吉姆陪着她，照顾她。头几天他们卧床不起。康复之后，凯特把她发烧时看到的幻象画了出来，拿给吉姆看。

"如果你好好画出来，再加上你给我描述的那些话语，可以投稿给任何一个前卫杂志，一定会发表的。"

"真的吗，吉姆？"

"真的。"

她开始画，背靠着吉姆作画。她不喜欢他移开身体，他也不想移开。有时候他帮她撑住她的双腿。画和文字都完成了，她寄了出去。

"如果我成功的话，"凯特说，"我想继续画别的！这事会变成我的职业，像儒尔那样！可是我不想有个职业！"

"成功会带来一些好处，"吉姆说，"反正，你想画的时候就画好了。"

为了出去透一透气，也为了让吉姆和自己不在爱情的温室里窒息，凯特重新想起了编舞的事。她在附近租了一个工作室，每天下午的时候独自去那儿。吉姆完全信任她，从来不跟她一起去。"她在那里真的是一个人吗？"吉姆后来犯疑。不管怎么样，她给他的是一种绝对的感情，在他们的爱情之外不可能存在真正能与之相提并论的东西。吉姆觉得他们的爱情此时此刻就像勃朗峰一般举世无匹，至于山谷里可能隐藏的东西，对他来说无关紧要。

凯特画了一系列男女欢爱图，还展示给她的女友们看。他们俩常常与安妮见面，对以前的事不再介怀。

有一天凯特收到一封来自杂志社的信。

她的画作将在下一期的杂志上发表，编辑还向她邀稿！

"你看，吉姆……"凯特兴奋又不安地说。

一天中午，凯特手上提着一个水桶，走进膳宿公寓的走廊。她穿一件红色的丝绸睡衣，没穿长裤。

"会被人看见的！"吉姆大喊。

她回答："这个时间不会有什么人，而且这样做是一种家庭传统。"

他们去音乐厅看表演：一个流浪汉想偷一辆靠着树停放的脚踏车，犹豫不决。他不断解下脖子上的黄色领巾又系回去，就是为了让自己的双手忙着，抵制诱惑，但最后他还是把车偷走了。完美的表演。结束后他们站在后台出口想见一见这个演员，没有如愿。

吉姆喜欢满月，凯特却不喜欢。她说："爱情和月亮，太浮浅了。"月亮一定勾起了她一些不好的回忆。

他们一起走遍了城里的巷弄，与手艺人愉快交谈，还经常被邀请到店铺的后间参观。

他们有着各种异想天开的计划，自以为新颖独特，可以大赚生活费又可以有很多空闲时间做很多事，比如给儒尔买礼物——这可不容易，因为他什么也不想要。

他们对一切都很虔诚。

一天，他们走进一个教堂。凯特是新教徒，吉姆是天主教徒。他们随着人群一起跪下等待。正巧是领圣体的时刻，长长两列修女缓缓地走过，双目低垂，手指交叉，走向神坛。其中有三个年轻的修女穿着白袍，在所有修女间显得出奇美丽。吉姆吃惊地看到凯特站了起来加入她们，做出一样的姿势，偷瞟她们如何领圣体饼，然后也依样领取了圣体饼。这是亵渎吗？不，这对凯特来说是自然而然的，不管在哪里，不管面对哪一种宗教，她都会这样做。她走回来，与修女们一起沉思，接着仰起脸来，表情平静。

他们本来还要在城里再待一个星期，而凯特收到了拉雪尔寄来的措辞非常夸张的信，信中写道："你必须做出抉择：要吉姆还是要你的孩子。"

"根本不需要选择，吉姆和孩子可以兼得。"吉姆说。

"呵！还是得做决断。"凯特说，"牺牲这最后一周吧！"

她忽然非常渴望看到她的两个女儿、儒尔、玛蒂尔德和湖边的木屋。吉姆也是。第二天他们就回去了。

儒尔站在小火车站的月台上接他们，就在凯特上次摔倒的地方。火车还没停稳她就跳了下来，奔向他，紧紧地拥抱他，给了他一个深深的吻。

她说："快告诉我，告诉我这里发生的一切美妙的事情。"

儒尔微笑着给她描述他们四个人再寻常不过的生活，每天等待着"妈妈回来"。

走出车站，儒尔用手势示意他要离开一下去买牛奶。她想要他别去，但是他十分坚持，挥着手走远了。

"儒尔就是这样，"她说，"我回来了，我亲吻他，我这么高兴，他却离开我去买牛奶！"

"他五分钟就会回来。"吉姆说。

"我知道，可是我和他重逢的喜悦被打断了。"

小女孩们与玛蒂尔德给了凯特最热烈的迎接，让吉姆很感动。

顶着酷暑，他们三人步行走到一座宏伟阴沉的修道院朝圣。修道院建在一道长长的山谷谷底，环境潮湿，土壤肥沃。三人之间气氛十分和谐。他们喜欢修道院里白色大餐厅的简朴风格和新鲜粗淡的食物。他们参观了宽敞的牲畜棚，这里养的牲畜品质优良，经常在比赛中夺得奖牌。凯特像个内行一样进行讲解评论，因为她在农场工作过几个星期，方方面面都了解，给他们全都解释了一遍。儒尔和吉姆体会到了来自土地的呼唤，但在凯特面前他们自觉无能和惭愧。凯特想买一个大农场，然而儒尔的财力已经大不如前，无力负担。

他们沿着一条河往回走，多处水流湍急，还有一道瀑布。他们觉得那飞流直下的瀑布像凯特，激烈的漩涡像吉姆，最后平静而宽阔的河面像儒尔。

面前迎来一大片空地，一个覆盖着白色沙砾的天堂。他们走下去玩耍。吉姆喜欢投掷石子，这里有源源不绝的石子供他使用。石子被高高地掷出、下落，他扔出另一块石子去击落它。凯特不断地催促他投掷，吉姆最后筋疲力尽。凯特和儒尔还学会了打水漂。天空很近，仿佛触手可及。

到了十月，没人再提起阿尔伯特。他们陪伴着玛蒂尔德和小女孩们，度过了一段相安无事的甜蜜时光。

凯特和吉姆都擅长运动，而且都喜欢演示给别人看。有一天，他们在一片草地里玩，眼见一群农民过来了，便准备离开。凯特和吉姆一齐稍向后退，双手撑住栅栏，纵身一跃。没想到栅栏已经朽了，一下断裂，他们滚落在草地上。那些农民从他们身边走过，根本没正眼看他们。

十一月，吉姆不得不回巴黎了。巴黎有母亲和工作在等他。也许他根本不应该离开？对凯特来说，他的离开意味着他们的爱情被摆在了次要的地位，她不能接受。吉姆明年春天就会回来，但那时的凯特只会把他当作过眼云烟了！

她再次陪他去城里。他们搭乘平时常坐的那种冒烟的小火车，手拉着手。她脱下了她的手套，其中的一只反面被翻出来，搭在她的膝上，看起来像一颗主动脉被切断了的心脏。

"你看，我的心在你的膝上。"吉姆说。

在城里，吉姆日复一日地拖延。动身在即，他们却一再推迟行期，像被施了魔咒的受害者，偷得一天算一天。一个下午，他们在小酒馆的小隔间里打电话给儒尔。吉姆站在凯特身后，在半明半暗中轻轻抚摩着她的背，闻着她的气息，几乎晕过去。

他们想到了死，仿佛死是他们爱情的果实，是可以共同达成的目标，也许就在明天。

和一众朋友一起吃午饭的时候，凯特介绍了哈罗德给吉姆认识。哈罗德就是那个她在结婚前夜找来报复儒尔的运动员旧情人。吉姆对他并不介怀。他觉得凯特和他自己一样坚强。哈罗德衣冠楚楚,身材挺拔,还精于马术,刚赢得一场比赛。他也打拳击,和吉姆一样。他聪明潇洒,除了凯特,他那一桌女性都被他用话语逗引得服服帖帖。他就像因纽特人挥鞭命令狗队拉雪橇一样自如。

吉姆无法想象哈罗德和凯特之间有过真爱。凯特的绝对主义不能容忍哈罗德这样的行为。

吉姆独自去看了一场凯特已经看过而他想看的电影。吉姆看电影时,凯特和哈罗德去买东西,随后吉姆和他们会合,一起喝茶。哈罗德自信满满,和凯特说话时语速飞快,语气生硬,但他的声音有点嘶哑,特别让吉姆觉得放心。他们之间唯一的交集是有一些共同喜爱的画家。

两人的最后一晚。凯特整个人坐在他们房间里盥洗室的大洗手槽上,如同诞生时的维纳斯站在贝壳上。要不是吉姆坚信他们很快就会重逢,且一切都不会变,他一定会心碎。

当火车开动,两人轻轻挥手道别,依依不舍。

儒尔给了他们某种祝福,他拥抱了吉姆,而吉姆将凯特托付给了他。

因为吉姆和凯特已打算结婚，还要生孩子。

7　吉贝尔特、阿尔伯特、弗图尼奥

吉姆回到巴黎。多年以来，他一直有一个"志趣相投"的女友吉贝尔特，定期来往。他们之间的爱轻轻松松，以至于他几乎感觉不到它的重量。不过这是另外一个故事了。凯特的爱是冰封的高山、焚烧的草原、雷电和飓风，而吉贝尔特的爱则是平平淡淡的风景，气候温和，唯一变化的就是天空的光线。吉姆从来没有失去过它，也从来不受任何限制。

二十岁出头的时候他们相识。起初是个性的吸引，恋爱似的友谊。他们心照不宣地达成默契，摒弃那种激情之爱。他们爱得很有分寸，不为人知，不掺杂好奇，无关物质，也不把朋友拉进来。吉姆为了见面租了一个坐落在高处、视野很好的小房子。他们一个星期相聚一天。见面时间少，他们呈现给对方的都是自己最好的一面。他们彼此也不要求更多，各自有各自的生活，一年一次相约去乡下度假一周。吉姆从来没有去过吉贝尔特的家，吉贝尔特也从来没有去过吉姆真正住的公寓。他们分开旅行，吉姆有时候一出门就是数年，总会再次见面。没有任何承诺束缚他们。

十年转瞬即逝。有一天吉贝尔特讲到她五岁时失去了母亲。她给吉姆看了一张她在孤儿院的照片，她等待着一个阿姨来接她。照片上的她在那群孩子中间显得一无所有又那么老实，吉姆不自觉地在心里永远地收养了这个小女孩。

几年之后，吉姆问吉贝尔特是否愿意嫁给他。他们平静地研究了这个问题，一起拜访了优生学医生，医生预测说他们的小孩不会很健壮。另外，他们婚后可能有一段时间必须与吉姆的母亲同住，这是吉贝尔特所恐惧的。最后他们决定不要改变他们的生活状态。不过，吉姆告诉她：“如果你愿意，我们可以在一起安度晚年。”

吉贝尔特则说：“如果有一天你要成家生子，我会自行消失。”

十七年来，吉姆没有发现吉贝尔特任何的不是。他觉得他可以自由去结婚，但多半不能抛下她不管。他给她取过一些外号，比如"老实人"和"稳重人"。吉贝尔特猜到他长居国外时一定有不少风流韵事，但他总是回到她身边……吉姆完全不知道吉贝尔特忠不忠贞，不过他越来越感觉她很可能是忠贞的。

他无法离开吉贝尔特，就像凯特无法离开儒尔。不能让儒尔痛苦，也不能让吉贝尔特痛苦。他们都属于过去的果实，虽不相同，却形成一种平衡，凯特和吉姆必须善待他们。或许有一天吉贝尔特会接受儒尔已经接受的那种关系？或许他们可以四个人生活在一起，一起拥有已出生和将出生的孩子，住在同一栋宽敞的乡村房子里，各自做各自的工作？这是吉姆的梦想。

既然他们四人以不同的方式被爱联结在一起，为什么就一定会产生不和呢？凯特对儒尔好，这并不算背叛吉姆。吉姆对吉贝尔特的情意也不能算背叛凯特。这两个女人在他的心里可以共存，触动他的心灵的不同部分。希望在凯特的心中儒尔和吉姆可以共存！希望凯特和吉贝尔特也不会成为仇敌！

吉姆旅居国外时总是会向他爱过的女人们提起吉贝尔特，他对她的描述令她们大开眼界。在他和凯特那次长长的漫步的第二天，他也提到了吉贝尔特。凯特对他们之间长期无风无雨的感情表达了某种讽刺，她觉得这种爱情"谨慎而又屈从",在她的词典里这两个词是最最糟糕的。

吉姆提出一个假设:"儒尔等于吉贝尔特"。后来他发现凯特把它换成了另一个假设:"吉贝尔特不等于儒尔"。

吉贝尔特在吉姆的生活之外还有另一重生活和身份,吉姆并不清楚她的另一重身份有多重要,而且,他觉得他对凯特的激情不会给吉贝尔特造成无法挽回的伤害。

为了尽快生孩子,凯特和吉姆通过信件决定加快办婚事的速度。儒尔答应按他们的意愿尽快与凯特离婚。这让吉姆鼓足了勇气把这事告知吉贝尔特。他简短地介绍了凯特的情况、他们想生小孩和结婚的愿望以及儒尔的承诺。吉贝尔特早听吉姆说起过儒尔,已经很了解他,尽管从来没见过。

吉贝尔特端坐着安静地听完吉姆解释,开口说:"我想赶快同意,趁我还支撑得住。"

她上半身倚在沙发背上靠了一会儿,然后起身,走了。

露西曾说过:"不要让人痛苦,吉姆。"

　　吉姆突然有种感觉："我犯了谋杀罪。"过了一个小时，他心想："她会习惯的。"

　　他在巴黎和旧情人们做了简单的告别。

　　凯特和儒尔在他们被白雪覆盖的木屋里过完了冬天。她现在是吉姆的未婚妻，被托付给儒尔照顾。每天她都问儒尔："你觉得吉姆爱我吗？"

　　凯特按照她承诺的那样把去年夏天发生的故事写了下来。她用冲击力极强的文字描述在她身上及周遭发生的故事，还有她做过的一切，也包括阿尔伯特。儒尔由此发现了她那风暴海啸般性情的关键所在，鼓励她继续写作。

　　三月来到。吉姆在凯特居住的国家找到了谋生之路。他为一个当地上演成功的戏剧翻译剧本，并且接受了邀请去乡下与剧作家共度两周，将译文进一步打磨完美。

　　同时，和战后重见儒尔之前一样，他感觉自己需要拖延一段时间，在开始正经事之前做好准备。

　　凯特则感觉吉姆并不急着再次见到她。

　　吉姆和那位剧作家一起路过凯特居住的城市，就给她打了电话。凯特和儒尔到吉姆下榻的酒店来见他，一起喝茶。

　　由于待在房间里不停地写作，凯特长胖了一点。她以未婚妻的身份来到，由儒尔陪伴着，还有点羞怯（她后来说，像是一只小母牛来见公牛）。吉姆不是她的吉姆了：他在公共场合接待她，而且他像个雇工，已经把他的时间租让给第三方，第三方稍后就要带他离开。凯特那天仪态万方，但她自觉不够美。吉姆有种不祥的感觉。他解释说自己是在为了凯特而工作。但这对她来说重要吗？他应该放下一切，心无旁骛来见她。凯特随意地问及他在巴黎如何告别旧爱，他回答了，自认为答得令人满意。

　　见到凯特，他的心就被抓住了，不想再离开她了，可是他和剧作家有约在先，不得不走。

　　三个星期后，他终于回到湖边的木屋。凯特不在，刚刚离开，去首都找她姐姐，同时也为了工作。吉姆虽然很失望，但觉得这事挺正常。儒尔则不然。每当凯特拉开距离，就会有危险出现。

　　儒尔告诉吉姆凯特在写日记，他从来没有见她这样过。他们一起在城里喝茶的时候，她很受伤地发现吉姆对他们的故事做了大量笔记，但没有写成一部作品。

　　凯特写来的信都很简短，一再延迟归期，信里只谈论工作。她学会了吉姆的做法。

儒尔和吉姆两人住在木屋里，悠闲地过着平静的日子，持续他们无止境的谈话。一个农妇定期来做简单的打扫。儒尔翻译吉姆写的一本书。儒尔做饭，嘴里衔着烟斗，烤马铃薯，吉姆则在一旁高声朗读。他们一起出门缓慢地散步。

离婚手续开始办了。儒尔担心一些事情，但吉姆不知道是什么事。他们写信给凯特报告家里一切安好，她不用急着赶回来。她给吉姆来了封电报："明晚火车在城里等我过夜。"

吉姆到了火车站。凯特轻快地跳下火车。他们拉着手，彼此注视，开怀大笑。她对他说："现在不谈严肃的事。"

不过她告诉吉姆儒尔特别好，帮吉姆照顾她。

因为警察局的规定，他们在旅馆里订了相邻的两个房间。凯特让吉姆挨着她坐在沙发上，说："就这样。你是我的吉姆，我是你的凯特，一切都很好。只不过一个半月前我们一起喝茶那次，你跟我谈你的工作，那我也有自己的事。你告诉我你在巴黎与爱人们告别，我也去与我的爱人们告别了。今天晚上，你只能把我抱在怀里，不能做别的！我们要一起生一个孩子，对吗，吉姆？唔，如果你今晚让我怀上，我会不清楚……这孩子是不是你的。你明白吗，吉姆？”

然后她紧张地盯着他。

吉姆明白了，但马上屈服了。她在他的心里，她在饮着他的血。让她饮尽他的血吧！吉姆没有生气，因为他过于悲伤，他感觉自己的爱正一点点从他的身体流出消失。

她接着说：“吉姆，我不得不这样，我是为了我们俩才这样做的，我必须恢复平衡。我怀疑，不，我确定，你在巴黎用你吉姆的方式安慰了你甩掉的那些女人。我只有用我凯特的方式（我们的方式是一样的）去安慰我甩掉的那个男人或那些男人，否则我无法继续做你的未婚妻。我打了电话给阿尔伯特，然后在我姐姐家和他见面，和他一起，我消除了你的不忠在我心中留下的所有痕迹。现在，我们的账清了，互不相欠。”

“你爱阿尔伯特吗？”吉姆问。

“不爱。”凯特说，“虽然他有很多优点。”

“他爱你吗？”

“爱。”

吉姆衡量这一切。是的，正如凯特所想的那样，他和一些女人做了告别。是的，他那么做并没有损害他对凯特的爱。也许凯特所作的告别同样也没有损害她对吉姆的爱？吉姆接受了凯特提出的"有来有往"的平等。他觉得她爱他就像他爱她一样，既不多也不少，有一种独特的力量将他们相互拉近。于是他照着凯特的做法，将旧账一笔勾销。此时此刻，他们颤抖着，按捺住心中欲火。

整整一夜他们都保持了贞洁，接下来的日子也是，一直持续到凯特确定她并没有怀上阿尔伯特的孩子。

"了不起！"儒尔对吉姆说，"太高明了！你真是不惜编造理由来感动自己。"

儒尔和吉姆两人先后被凯特背叛，此时更觉情同兄弟。

这段时间凯特和吉姆强迫自己禁欲，反而非常兴奋。他们把禁欲当作一个誓言，一个对他们自己的考验。当其中一人软弱时，另一个会尽力维护这个荣誉。他们不分开，也不作弊。应许之地已然在望。

谁知应许之地突然变得遥远起来。

　　他们三人一起上城里找诉讼代理人，他负责办理离婚和结婚事宜。他们觉得挺好玩，以为只是个简单的形式。

　　三人的相处和睦和轻松愉快让诉讼代理人很震惊，他取下眼镜，直直地注视他们，说："离婚生效还得再等一段时间，此外，为了避免未来出生的孩子被判给第一任丈夫，他的出生日期不能早于从判决离婚之日开始算起的一段时间，这个时间一般按照女性的最长怀孕周期计算。"

　　"什么？什么？"凯特听不进这些法律用语。

　　诉讼代理人用具体日期给他们解释了一遍，他们必须再等将近两个月才能开始怀孕。结婚手续还需要一些时间，但这样至少孩子会被视为吉姆的合法子嗣。

　　三人吓呆了。儒尔询问有没有其他合法的办法，答案是没有其他办法。

　　凯特和吉姆不再坚守禁欲的誓言，但不可以马上怀孕，这对他们打击很大。必须服从法律而不能从心所欲，他们感觉很耻辱。

　　带着这个唯一的巨大阴影，他们在木屋里继续过日子，继续游戏，宁静美好。

　　凯特为他们高声朗读她去年大部分的日记，从吉姆的到来一直到他离开木屋回到巴黎，内容像印度神庙一样精细，像迷宫一样复杂。

相比之下，吉姆的日记就像一个简单的目录。儒尔和吉姆对凯特十分佩服。

"如果你们两个分别把你们的故事仔仔细细地全写下来，带着各自强烈的观点来写，然后同时出版，那将是一部非常独特的作品。"儒尔说。

凯特为他们表演了一段舞蹈，是她在城里工作室的创作成果，他们并不觉得很吸引人。

她说："这个舞蹈需要在拥挤的酒吧里表演，烟雾缭绕，气氛刺激。"

也许吧……也可能是她在工作室根本没有认真工作，而是在和阿尔伯特幽会……吉姆不敢多想。

她和吉姆一起先后睡过了木屋里所有的床和所有的房间，包括儒尔住的那间小小的僧侣房。她最后选定了一张乡村大床，有四根柱子和床顶，上面装饰着水果和巨大的花朵图案，出自一个农民画家之手。

凯特画的素描在一个创刊不久的杂志上发表。即使创作的时候，两人也待在一起。她的眼睛专注在她的画上，只需动一动嘴唇，吉姆就会过来吻她。他们劝慰自己，亲热也是为生孩子做准备，但他们仍然感觉不安。

冬天快过去，又下了一场雪。一个晴朗的早上，公园里覆盖了一层厚厚的白雪。凯特最先看见了雪，惊喜地喊起屋里其他的人。她脱下睡衣，丢在台阶上，赤身投入刚落地不久的雪堆里，一会儿消失了，一会儿匍匐着，一会儿翻跟斗，还把雪送进嘴里。

"等你们长大一点，"她对两个女儿说，"你们也可以像我这样玩雪。"

儒尔和吉姆担心她在雪里翻滚时被草地上的矮木桩剐伤。其实，她看似毫不在意，心里对每一根木桩的位置却了如指掌。

弗图尼奥发来一封电报，说他二十四小时后到。当天晚上，他到了。儒尔和吉姆从他十七岁开始就认识他，常常带着他一起混迹于巴黎诗人群，把他当作弟弟，他则称呼他们为"儒尔伯伯"和"吉姆伯伯"。六年后，他成了凯特的情人，几乎就在儒尔眼皮底下。但是儒尔他们怎么可能会对他怀恨在心呢？凯特的情人们都是她主动选择的，而不是对方主动；而且，自从那时开始，她就坦白地告诉弗图尼奥，没有什么能够破坏她和儒尔之间的爱，这是实话。

弗图尼奥穿着浅绿色双排扣大外套，说话带着响亮的卷舌音，脸庞白里透红，双手像纯种幼犬的爪子一样粗胖。

"晚上我们让他睡哪儿？"儒尔问。

"家里。"凯特说。

儒尔知道家里没有多余的床了，但既然凯特说"家里"，那就不用他管了。他照常按时上楼回到他自己的单人房间，因为他要早起。

在凯特那张有四根柱子的乡村大床上，她、吉姆和弗图尼奥闲聊到深夜。凯特说："我们三人可以一起睡这张大床。"

"为什么不呢？"他们说。

吉姆猜到凯特又想做个实验。那好！他也参与。

黑暗之中，三人一起睡下。床单闻起来又香又干净，凯特也是。她睡在两人中间。弗图尼奥穿着借来的睡衣。吉姆记起了玛格达，还有他们一起吸乙醚的夜晚。

他们一开始还说着话，然后安静下来。凯特的右手抓着吉姆，吉姆很肯定她的左手抓着弗图尼奥：应该是在做比较……要不要伸手摸到那个在自己脑后摇晃的吊灯开关把灯打开？那样会显得很没有气度。他们三个人都是自由的，结局只有两种，赢或是输。吉姆已做好准备，即使失去凯特，也绝不会吭声。弗图尼奥也做好了准备，乐意满足凯特的任何要求。吉姆想："如果凯特选择投入弗图尼奥的怀抱，我就解放了。"三人继续沉默着，凯特在暗中做些什么，难以觉察，吉姆此时不想再和她一起生孩子了。

凯特把头转向弗图尼奥，大声对他说："晚安，弗图尼奥！"吻了他一下。她又转过头来朝向吉姆，显然也要向他道晚安，但他对着她的耳朵开始说话：

"我以前曾想和你一起生一个孩子……"

"什么？"凯特问，"你说什么？"

"十分钟以前。"吉姆答。

凯特连忙跨过吉姆，差点摔下床。她使劲把吉姆推到床中间，然后蜷缩起来挤进他怀里。

"继续说，吉姆。"她认真地看着他。

"我没有什么好说的了。"吉姆说。

她紧紧抱住他。吉姆考虑到躺在身旁的弗图尼奥，不便多说，就睡了。第二天三人醒来，精神饱满。弗图尼奥很知趣，走了。

凯特给儒尔和吉姆大声朗读了歌德的小说《亲和力》中孩子在湖里溺亡的一段。她流下了眼泪，吉姆也有些动容。所有关于"孩子"的事情都能引发他们的极大反应。儒尔对他们心怀怜悯。

吉姆接着给他们读了一首诗《达夫尼和克洛伊》：

克洛伊
达夫尼，没有什么
胜过我们在彼此怀里
一起同眠，是吗？

达夫尼
不，克洛伊。
与你共赴云雨
我已体会那妙处。

克洛伊
达夫尼，没有什么
胜过你我共赴云雨
是吗？

达夫尼

不，克洛伊。

我们在彼此怀里

一起同眠。

凯特说："我喜欢这样不断反复的诗句。"

儒尔则说："读起来像是按照字面直译、几种语言混杂在一起的译文。"

吉姆表示应该打破语言之间的界限。他们用三种语言混合在一起写了一首诗，想到什么词就用什么词，就像梦中出现的一样随机。儒尔和吉姆聊起了奥斯特拉西亚[1]，凯特则说会发生更多的经济停滞和战争。

"你们都是善良的欧洲人。"儒尔对他们说，"你们只有在自己的爱情世界里才是民族主义者。"

焦灼的等待持续了很久，很久……

凯特和吉姆的关系急转直下，正如农民常说的"登高易跌重"。仿佛晴空中突如其来打了一个霹雳，凯特突然冒出毁灭一切的冲动，渴求争斗和鲜血。

1　古地名，法兰克王国墨洛温王朝的东部地区，包括今天法国、比利时和德国西部。

转瞬间，她的脸因为怀疑显得痛苦而狰狞，那古风式微笑的嘴唇变成一道被利刃割开的伤口。

在这种时候，儒尔像照顾病人一样照顾她。他把凯特的神经质发作视为一种可怕的疾病，对她自己，对所有人都危险，像是"心灵的震颤"。凯特的家族里出过一些非凡的天才，也出过不明原因的自杀者。

当吉姆太幸福的时候，她就想方设法要打击他。

某个好日子，他们去城里买东西。为了尽早结束烦人的购物，然后一起去玩，吉姆提议他一个人去取结婚相关的文件，凯特一个人去逛商店。

凯特火了，也许她不喜欢一个人被留在城里，脖子上套着绳索。他以为没人能把她偷走？她上了一辆出租车，在车开动之前，她对跑过来索吻的吉姆说："现在我要去做一件不可挽回的事。"

她没有出现在他们约好碰头喝茶的地方，直到晚上才回到木屋。那天下午，吉姆在心里把他们的爱撕得粉碎。

她回家见到吉姆时显得那么快乐，爱的碎片又被缝合起来。她说她什么也没做。吉姆相信了她，但儒尔不信，恰恰因为她恢复了正常而且对吉姆充满了柔情。
"无所谓，"儒尔心想，"反正这就是她爱的方式。"

有天晚餐结束时，儒尔一反常态开了一个关于凯特
的睡衣的玩笑，有点大胆。吉姆不喜欢这个玩笑，凯特
觉得它亵渎了爱情。她带着蔑视痛骂他们俩。吉姆提醒
凯特他可什么也没说，无济于事。她斥责一个的时候，
总会带上另一个。儒尔装出一副懊悔的样子，但他心里
直想笑。

"我的德国朋友，你总是对我开战。"吉姆说。
"理由多得很！"她回答。

露西到了邻近的城市小住，那是吉姆认识她的地
方。他们已经七年没有见过面。战争对她非常残酷，父
母死于战乱，家业也已破败。儒尔单独先去见她。晚
上回来之后，他说露西还是那个露西，但她变了很多。
她和吉姆同龄，比凯特大八岁。她来木屋看望他们。儒
尔在此之前已经把吉姆、凯特和他三个人的事一一告诉
了她。

吉姆看到容颜衰老的露西，不胜唏嘘。她用她美丽
的双手工作维生。他们四个人一起吃了午餐，然后一起

去公园里坐坐。凯特极力让她意识到一个残忍的事实：
这两个曾经爱过她的男人，现在都属于她——凯特——
一个人了。而露西对此早已不在意，她从别处取得力量。
她知道，尽管他们已被凯特的狂风席卷，心中还保留着
爱过她——露西——的痕迹。她承认凯特充满活力，胆
量很大，仅此而已。

凯特告诉露西她与儒尔离了婚，和吉姆订了婚约。
她继续说，有的女人受到天命召唤，在本能的驱使下与
这样或那样的男人生养一个或数个孩子，以保证种族的
延续。但她们无法将孩子全数抚养长大，也不一定擅长
于此。她问露西，如果她和吉姆将来生了小孩，露西是
否愿意抚养。露西先是沉默，然后开口说："假如吉姆
把孩子托付给我，我愿意抚养，但必须托付给我一辈
子，不再收回。"

吉姆由衷敬佩露西。

现在露西一个人生活在父母留下的大房子里，一部
分房间租了出去，她自己住阁楼间。她邀请他们经过那
里的时候去看她。吉姆接受了邀请，凯特看起来也不
反对。

露西走了。

凯特说："平静只是一个面具。如果要选一个面具

的话，我宁愿选择暴力。"

对于露西，儒尔心中怀有一丝怨恨，她曾经那么坚决地多次婉拒过他。他想，如果当初她答应了求婚，自己和她可能正过着一种正经而稳定的生活。吉姆此时一心一意只为凯特和他们未来的孩子活着。露西的想法也许是"吉姆和凯特，他们不会长久的"。

8 爱伦·坡式小楼

凯特和吉姆一起去了首都，带他参观她出生的那座房子，给他讲她的童年往事。

他们又见到了弗图尼奥，一起去了水手喜欢去跳舞的酒吧、打字员小姐喜欢去跳舞的酒吧，还有一些通宵开放的酒吧，其实这种是违反规定的，往往会有警察来临检，灯光会突然灭掉。对那些常客来说，这反而令他们更兴奋。另外，他们还去了一个地下场所，那里有年轻女孩一丝不挂羞答答地跳芭蕾舞，令人惊艳。他们在别的地方看过类似的表演，平平无奇。让同伴们感到意外的是，吉姆很快就厌倦了这种夜生活，他宁愿晚上"待在家里"。

所谓的"家"是一幢独栋小楼，只有一层，挑高很高，以红黑两色砖块筑成，朝向一个很大的花园兼院子。房子坐落在一个中产阶级街区，是凯特的姐姐伊莱娜借给他们住的，有一个宽敞的带阳台的起居室、一间琴房以及两个大卧室。家具风格有些混杂古怪，说不清是奢华还是舒适。五斗柜和衣橱里堆得满满的，都是旧时衣裳，特别值得一提的是有十几顶伊莱娜戴过的浪漫风格的帽子。她住在离此处一个小时车程的一栋漂亮的乡村房子里，孀居，带着五个孩子。这座小楼是他们一家到城里来时的落脚处。

吉姆在家庭相簿里看到过一张伊莱娜年轻时的照片，他感觉如果没有凯特这个小她六岁的妹妹，他可能会被伊莱娜吸引。她的微笑不像凯特那种古风式的，但也动人，一双眼睛晶莹灵动。自从她孀居以来，身边就围着不少追求者和爱慕者。

凯特带他去伊莱娜家住了几天。他知道几个月前阿尔伯特刚和凯特一起在这里住过两天。凯特和伊莱娜两姊妹生来就互不相让，但在情感方面一般会互相支持。伊莱娜见到吉姆之后，对他卖弄风情，一点也不顾及凯特和一众追求者的面子。

伊莱娜年纪最大的两个孩子生得俊俏。凯特和吉姆与他们一起驾驶帆船到湖上游玩。晚上在船上过夜，他们用一块备用帆布把凯特和吉姆卷起来，以便保暖。天亮时，他们到了湖边的一个小旅馆里，用厚纸板做的啤酒杯垫打网球。

凯特的两个外甥亲吻她的方式好似在亲吻爱人。全家人谈论伊莱娜的放荡行为时都表现得很严肃，但他们都很爱她。

那幢独栋小楼本身就很特别，后来又发生了一些事，因此在吉姆眼里它愈来愈有爱伦·坡式的诡异味道。

某天，吉姆嘴里衔了根雪茄，站在阳台上发呆，看着那一道隔开自家院子和邻居家院子的长长的深色砖墙。突然，他感觉那道墙不再与地面垂直。他揉揉眼睛仔细看，墙正在非常古怪地缓慢倾斜，沿着墙角全部倒下，压在花丛、鸡笼以及几辆自行车上，发出闷闷的声音，扬起一大片灰尘……

第二天，吉姆拥着凯特在睡觉，恍惚间感到围墙倒塌带来的灰尘从房间的地板上冒出来，自己仿佛在吞咽凯特的头发，喉咙发痒。他张开眼睛看见一大片漂亮的粉色螺旋状雾气飘动在他们的头顶上方。"好奇怪的梦！"他心想，很快意识到这不是梦。一片浓烟弥漫在房间的上方，刚升起的太阳透过窗子，给烟雾着上了颜色，只有接近地板的地方还没有充满浓烟。一阵焦味把他呛醒。他轻轻地摇晃凯特，她还在沉睡，压在他身上令他不能动弹。

"凯特，起火了。"

凯特睁开一只眼睛，闻了一下烟，判断了一下情况，又闭起了眼睛。

"凯特，一旦玻璃窗炸裂，会起大火的。"

"让我思考一下，吉姆，我想想怎么回事。"

"怎么回事，凯特？"

"还不是讨厌的伊莱娜，做事乱糟糟。她把瓦斯炉放在一个塞满了稻草和棉花的条板箱上，一放就是五年。昨天晚上，讨厌的凯特或者讨厌的吉姆做饭的时候把一根没有完全熄灭的火柴不巧掉进了条板箱，火就慢慢地烧着了。"

"去查看一下吗？"

"噢，已经弄清楚了……"凯特说。

她摆好姿势准备再睡。

吉姆不禁笑了起来。

因为浓烟呛人，他们还是起身去查看，试着往条板箱上浇水，徒劳无功，只好费劲地抬起箱子从窗子扔了出去。凯特全程光着身子，仍是极为灵巧能干。

某天深夜，两个略有醉意的男爵登门拜访凯特。吉姆不愿起床，凯特单独接待了他们。吉姆在床上听见他们响亮地谈笑，他们给凯特提出各式各样的提议，其中最好的建议是允许他们把她的法国情人丢到窗外去。吉姆想出去会会他们，却因为懒得更衣而作罢。凯特喜欢和他们聊天，倒了一杯又一杯酒助兴。她对酒精很敏感，吉姆不喜欢她喝利口酒和招待男爵。

客人走了。他很温和地对凯特表示了他的不悦。她很不高兴。两人意见相左，像往常一样迅速起了冲突，一两分钟后开始大吵。凯特提起了吉贝尔特，吉姆回答："吉贝尔特等于儒尔。"

凯特反驳："吉贝尔特等于阿尔伯特。"

场面变得更难看了。

他们听到儒尔进门的声音，他看完戏刚回来。他来这里住几天，睡在隔壁的房间。

"儒尔和你，"凯特说，"真是厉害的心理学家！亏得我把事情白纸黑字地写下来，你们读过了却什么也没读懂，然后互相使眼色以为什么都懂了。"

"比如呢？"

是因为她喝了一点酒吗？凯特决定狠狠打击吉姆。

"比如，"她说，"在我去年的日记里，你在走的前一天独自去看了一场电影，我写了这么一段：'我去了哈罗德家，在某个时刻，他把双手放在我身体两侧，（她重复了一遍，用眼睛示意那双手的位置，然后仰起头对着想象中的哈罗德）……我身体……两侧，如果这么说还不清楚的话，你们需要我怎么说？"

她的头高高地扬着，长发披散着，跪在大床上，双眼直视着吉姆。他看出来了，她说的都是真的。

她竟然真的这样做了，在吉姆对她深信不疑的时候，在他们的爱情最热烈的时候，而且她一直把这毒药藏着，即使他们已对彼此坦白和清算旧账。

某种东西在吉姆心中崩塌了，就像那道墙。他的右手有一股力量蓄势待发，他张开手掌朝着凯特的脸上打去，凯特被扇得倒在了床上。他瞥见她臀部左右两个浅窝——他多喜欢这对浅窝啊——狠狠用力各打了一拳，再次吃惊地发现她的皮肉如此富有弹性。

她发出一声大叫。

此时有人敲门。

儒尔的声音响起，他问："怎么了？你们需要我帮忙吗？"

"不用，谢谢，儒尔！"凯特喊道，一边站起身来，面颊红肿，神采奕奕。

"终于！"她低声对吉姆说，"终于有个男人敢对我动手，我该！……你是爱我的，吉姆！"

她把脸埋在吉姆的胸前。

他想把她推开，但没有坚持多久。然而哈罗德用双手搂住凯特的画面在他脑海里萦绕，凯特每一次发作他都想："她还对我隐瞒了什么？"

凯特腰很痛，脸肿了好几天。她肿着脸在城里逛。

吉姆受到的打击比他挥出去的拳更重。他是不是应该报复？

报复的机会很快出现了。凯特要去她姐姐家与他们的公证人见面，不得不离开一天。她到了伊莱娜在乡下的家，发现她留下纸条说她出门了。其实，这是伊莱娜的诡计，她和凯特反向而动，来到了凯特的住处。中午时分，她站在了吉姆的面前。吉姆只好请她吃午餐。

她穿着一件夏天的连衣裙，衬托出她健康丰满的身材，头戴一顶浪漫风格的帽子，与她以前的那些帽子相比毫不逊色。她心情绝佳，因为她之前任性地高价买下了一片不错的牧场和一座长满树林的山坡，家人当时为此责备她，可是现在货币贬值，她反而算是做了笔好买卖。

吉姆和伊莱娜在路上遇到一辆卖红玫瑰的手推车，吉姆给她买了一束，并没有多想红玫瑰的含义。

与严肃的凯特相比，伊莱娜有点像克里奥尔人[1]和被宠坏的孩子。她说她想在小楼里某个卧室住一个晚上（这可是她自己家），接着又说想看电影。吉姆提议陪她去看，于是就说定了。然后，理所当然还要吃一顿晚餐，去她指定的一个附近的餐厅。

喝茶的时候，她说起凯特，说起她们的童年，她们对所有事情的看法都不一样：她们互相尊重，但永远意见相左，连对爱情的观点都不一致。

谈到这里，吉姆有些不好的预感，夜晚即将来临，所以他谨慎地表示，在某些情况下他相信人能保持忠贞，至少他对凯特是保持忠贞的。"真棒啊！"伊莱娜说，脸上带着具有挑战意味的微笑。吉姆感觉她已下定决心要好好乐一乐，并且准备对他使出浑身解数。她身上散发着海岛的气息，她的鼻子和下巴和凯特有点相像，但更加女性化。

其实，伊莱娜不失为他报复凯特的绝好机会，轮到他把尖利的匕首不偏不倚地扎进她的心里，让她尝尝痛

1　海外殖民地的土生白人。

苦的滋味，抹去萦绕在他脑海里的哈罗德双手拥抱凯特的画面！就在他刚刚宣称自己坚持忠贞的下一分钟，他已开始想象和伊莱娜在一起，甚至希望当下就发生，不去看电影也不吃晚饭。

在他们回到家的时候，彼此已经心照不宣。

可是他们看到钢琴边坐着谁？谁面色苍白，穿着红色丝绸睡衣，像个小孩一样心不在焉地弹着贝多芬的奏鸣曲？正是凯特本人。

原来她一看到伊莱娜留下的字条，马上决定搭乘唯一的一班火车回城，不理会与公证人的约会也不吃午饭。她太了解她的姐姐，也太了解她的吉姆。她回到城里，等了他们一晚上。

凯特对伊莱娜没有好脸色，伊莱娜则局促不安。在两姐妹的争吵里，凯特占据了上风。

伊莱娜回到自己房里，打了一个电话，召来了一个护花骑士。

凯特对吉姆超乎寻常地宽容：她理解并原谅他，何况他什么坏事都还没有做。凯特像一个年轻的母亲在甜点店里劝阻孩子不要买蛋糕，承诺回家后做更好吃的给他（他不应该哭，应该明白妈妈让他吃的才是更符合他需要的）。她斜靠着吉姆，献出她的全部宝藏，盯着他，一点一点地除去他所有可能对伊莱娜产生的欲望。

吉姆完全没找到机会实施报复，两人又和好了。

9   不祥的漫步

他们回到了木屋。春天过去，夏天到来。离婚手续办完了，很快凯特就可以怀孕，他们的孩子也不会被法官判决跟儒尔姓。在那个时代，跨国婚姻的手续相当烦琐困难。"没关系，"吉姆自忖，"我们尽管备孕，在孩子出生前有足够的时间完成结婚手续。"

他们和两个女儿一起出去散步。村子附近有一个围起来的园子，有个波希米亚人在那里面养了两只猴子。两个小女孩进去给猴子喂榛子，较大的那只猴子跳上伊丽莎白的肩头，抢走她手上的榛子，还拉扯她的头发。吉姆跨过带刺的铁丝栅栏正想去帮忙，凯特已经从铁丝下面钻了进去赶走了猴子。"她的动作真敏捷！"他想。

晚上，大家在饭桌旁说起住在洞穴和海底深处的动物。凯特告诉她的女儿：

"这个世界上没有怪兽，因为它们不知道自己在别人眼里是怪兽，它们跟我们一样都是无辜的，它们也跟我们一样爱它们的孩子。是上帝把它们创造成那样的，上帝还创造了蛇、小偷还有杀人犯呢。"

所有人都开始怜悯怪兽。

他们去一个卖运动装备的店里买了些东西，凯特有意偷了一个小小的指南针，然后骄傲地展示给孩子们看。

"这种顺手牵羊的爱好有点危险。"吉姆说。

"可是多好玩啊，"她说，"再说了，其他的东西我们都付了钱。"

按照法律规定可以怀孕的日子到了。期待了这么久的自由终于到来，他们几乎有点不敢相信。他们一直在备孕，包括精心调配饮食，保持健康生活，其他目标都为之让路。他们计算好了小孩出世的大概日子，带着虔诚之心行房。他们感觉自己像两只自由的野兽随处交合，晚上在公园里，在自己的洞穴里，也就是那张有四根柱子、装饰着花和水果的大床上。

然而，算好的时间到了，他们诧异地发现凯特居然没有怀孕。儒尔善意地打趣他们。

"这就像打高尔夫，"凯特说，"太自信的时候往往就打偏了。"

他们从头再来，没那么大张旗鼓，像亚当和夏娃一样跟随本能。

一个月又过去了，他们再次肯定"上帝没有祝福他们的结合"。

这次对他们打击很大。

他们去看了一个专家，专家说他们很正常，有生育能力。"正常"这个字眼几乎冒犯了他们。在这方面，他们不满足于一般水平。医生告诉他们要懂得耐心等待，有许多难以估计的因素影响怀孕，不少夫妇试好几个月才会怀孕。

凯特和吉姆努力克服焦躁，重新开始。凯特画画，吉姆写书，然后去林子里做爱。吉姆抬起凯特的双脚，轻轻摇晃她的身体，就像把坚果装满袋子，以增加受孕的机会。他们感觉自己与草木、石头和星星变得无比亲密。

下一个月再次带来了失望。

儒尔对他们说："孩子，你们可能会有的，但也许这不是你们的专长。"

凯特认为是木屋的氛围不利于怀孕。

十月的时候他们离开了木屋，到了一个历史古城，那是个净化心灵的圣地，自然环境洁净澄澈。

猜疑开始让他们做父母的决心有所动摇。当年和儒尔在一起的时候，凯特怀上小孩的速度也比现在快。他们仍在继续办结婚手续，偏偏凯特忘了带上她的证件，吉姆把这个疏忽视为一种不利的征兆。

看凯特以前怀孕时的照片，再加上儒尔的描述，吉姆觉得凯特只有在怀着孩子的时候才是完满的凯特。吉姆需要一个丰腴、旺盛、平静的凯特。他感觉到他们之间产生了一段空隙，他们的欢爱只能短暂地填满这个空隙。

当然，他们依旧如往常一样玩乐，用左轮手枪或是弹弓打乌鸦，从来打不中。他们彼此拥抱，但等来的是又一次失望。接下来怎么做呢？

"如果我们没有孩子，何必结婚？"吉姆默默地想，"我们想象着我们的孩子一个比一个漂亮，住在大房子里，热热闹闹的，还有儒尔、他两个女儿和玛蒂尔德，给愿意来住的朋友也准备了房间……如果我们没有孩子，凯特可能又会出去偷欢。"

他们真的想重新开始工作吗？他们是为了赚钱抚养小孩才会追求事业成功的啊。

凯特有她自己的想法，但她不说。有时她单独去酒吧喝咖啡。后来她带吉姆去了，介绍他认识了一个拳击教练，小个子，敏捷机灵，精力充沛。

他们到他的拳击场看精彩的拳击比赛。吉姆和他打比赛，打中他一次，却被击中多次。面对他的灵活和技巧，吉姆无力招架，不得不认输。

此外，拳击手还教了凯特各种玩牌出千的花样。她在这方面颇有天赋，吉姆则完全相反。吉姆感觉凯特在这个酒吧如鱼得水，而他很不自在。

有天晚饭后，不巧吉姆让凯特独自待在了卧室，自己留在餐厅里看股市报纸。凯特和他用手头不多的钱冒险做了一点股票投资，好像股价涨了，是不是应该立刻卖掉？他上楼找凯特，以为她睡了，结果发现她打扮整齐，涂脂抹粉，正准备出门，目光同时带着笑意和冷酷。她问吉姆要不要陪她一道去——只是做做样子罢了，因为她知道他感冒了。她说她出去半个小时就回来。

一个小时过去了，吉姆不再计算时间。他有预感：凯特像鳗鱼一样溜走了。两个小时过去，他很担心。三个小时后，他坚信她又去做她所谓的"不可挽回的事"了。于是吉姆开始拆毁他们爱情的金字塔，一点点地扔掉。这个晚上的情节在他数日后写下的笔记里占了好几页。他发着高烧，耳朵里嗡嗡响，没法在这种状态下出门把凯特追回来，他也不愿意。凯特不能容忍生病，而且这回是他生病。

直到凌晨两点凯特才面带微笑地回来，让他提心吊胆猜疑了整个晚上。她说她"和拳击手还有他的一帮朋友打了一大圈牌"。吉姆想揍她，但是他既虚弱又没有决心，只想逃走。

他告诉凯特他怕拳击手带给她坏的影响。

"我告诉了拳击教练我们的不幸（吉姆不由自主地颤抖），他叫我瞒着你和他生一个（吉姆听着这话心生憎恶），但我要的是你的孩子。"

她说这些话时抬起眼睛看着他，他相信了。

十一月底了，结婚手续还没办成，总是少了什么文件。他们还想不想结婚呢？下雪了，旅馆里暖气不够，两个人都想回他们的"家"，但他们各自想念的不是同一个家。他们决定再等一次，看看上天是不是给他们带来了孩子。如果是的话，一切将恢复正常。

两天后他们再一次确定凯特没有怀孕。

儒尔在首都，写信叫凯特去他母亲家。吉姆完全不知道凯特在信上可能给儒尔说了什么。吉姆很痛苦，觉得自己需要母亲安慰，需要在自己家里学生时代的床上好好休息。

于是他们决定，各自回家，不对未来做任何计划。

回家的时刻到了，他们的行李都已放在了寄存处，凯特却把她的行程延后了一天，带着吉姆去雪中的田野漫步，雪地里被踏出一条长长的路。这次漫步如此令人难忘，就像他们刚开始相爱时的那次一样。

只不过这一次凯特的话题仅仅围绕吉姆。她冷冷地历数长期以来积压在心底的对他的种种指责。她口中的吉姆自私、吝啬，谨小慎微。吉姆想，有些是事实，但更多的是毫无根据的大不敬罪状。总的来说，她的控诉清晰而有条理。当她说到上个月来到这个城市的时候，忍耐不住大发雷霆，特别责怪吉姆在结婚手续上办事不力——这让吉姆很吃惊，因为他以为自己准备的文件比凯特的完备得多。

总之，她觉得自己受到了嘲弄，只想尽快回到儒尔温柔宽容的怀抱里疗伤。

吉姆原本有许多话可以回应凯特，但他情愿反思。而且既然他没能给她一个孩子，错都在他。

最后一晚，他们睡在火车站附近的一个小旅馆里，挤在一张又窄又硬的床上。他们不再说话。不知道为什么，他们又一次开始做爱，也许是为了画上最后的句点。这一次仿佛是一场葬礼，仿佛他们都已死去。

吉姆第一次看到凯特表现得如此僵硬和冷淡，他也有些不情不愿。

吉姆把凯特送到了车站，他们没有挥着手帕依依惜别。

吉姆很高兴她是去找儒尔。但愿他们两人的失败让她回到儒尔身边！

凯特走了，他没能留住她，甚至不想挽留她。就此结束了吗？

吉姆独自一人，他的胸口像是被移走了一块石板，可以畅快地呼吸了，然而肺部有种剧痛感。

凯特期望吉姆不仅有他自身的优点，同时还能有儒尔甚至其他人的所有优点。吉姆则期望凯特能像露西一样安定和平稳。

　　他们的想法都不合情理。

第三部分

直到尽头

1　决裂?

　　吉姆回到巴黎母亲家里就病了，躺在他学生时代的床上，整整三周起不来，发着烧，浑身上下的骨头都疼。他慢慢感觉肺部不痛了，于是下了床，出门走走，结果又病倒了一个月。

　　他的医生很聪明，说近一年都没见到他，生活状况如何。吉姆大致说了说，并表示除了最近几周，自己的状态比以前任何时候都好。医生告诉他："您劳累过度，生活上方方面面都过于亢奋。您的身体细胞在罢工，要求您彻底地休息。近一段时间要小心受凉，不要生气。"

　　吉姆在病榻上回顾过去的八个月，惊觉自己天天寻欢作乐，精疲力竭。与凯特暂时分开是一种必要。

　　他写信问候凯特和儒尔，她回了一封短信，大赞儒尔的温柔，信中有一句话隐约透露出一种未知的信号。儒尔的回复则措辞谨慎，不愿意影响他们。他不知道吉姆和凯特之间是又吵了一架还是即将彻底分手。吉姆猜想凯特和儒尔恢复了夫妻生活。为了儒尔着想，他期望是这样。凯特又和阿尔伯特、哈罗德或是别的什么男人鬼混了吗？他想那是一定的。在他自己现在的状态下，任何将他与凯特隔开的屏障都被他视为一种保护。

　　冬天来了。

　　凯特写信来告知一个令人难以置信的消息："我想我已有孕，速来。"

　　"可孩子是谁的？"吉姆自言自语。

　　他病情复发，躺在床上，无法出门。他回信告诉了凯特，说他不想去看她，她怀的大概是别人的孩子，因为他们爱得最热烈的时候都没成功，最后那一次可悲的告别怎么可能让他们实现夙愿。

　　儒尔回了信，非常短，说凯特想见他并且不相信他真的生了病。吉姆很恼怒：她以为别人都跟她一样。他回复儒尔说，鉴于过去的经验，鉴于那个拳击手的存在以及分开后凯特写来的第一封信，他对孩子父亲是谁心存怀疑（如果她真的怀孕了的话）。

命运在重重地敲他们的门：咚！咚！咚！

他们的交流像聋人在对话。信函需要三天才能寄到对方手里。吉姆刚刚把他充满怀疑的信寄出，就接到了凯特的信，她在信里有着真正的光环，洋溢着一个终于怀孕的年轻女人对神的感恩之情。她恳求吉姆相信她，为了她自己，为了确定孩子是吉姆的，为了这个孩子和她未来的生活，她那一段时间真的只曾委身于他一人。除了她写的这些话，她那完全坦白而不设防的态度彻底打动了吉姆。他觉得她像一只纯洁的羔羊。他回信承诺一等到他能起床站稳就立刻去看她。

期间凯特收到他那封铁石心肠的信件，以为吉姆回复的是她那封充满柔情的信。她崩溃了，盛怒之下写了封分手信，在信里像胡蜂一样狠狠地刺痛吉姆。

她刚把信投进邮筒，吉姆被她打动后写的那封甜蜜回信就来了，说要来看她。她第一次相信他真的卧病在床，对他心生怜悯。

然而吉姆接到了她那封措辞激烈的分手信，他立马回信答应了分手。

"右满舵！"——"左满舵！"他们就这样胡乱地

折腾自己的小船，直到手里的笔掉落，像无用的扩音器，彼此的呼喊都被暴风雨掩盖。

他们过去说好不通电话，因为怕听得见对方却触碰不到彼此，惹人难过。

以剑杀人者必死于剑下。他们互相用长剑砍杀，过去如此，现在仍如此。

不过，以美好的微笑示人的人，最终也将被美好的微笑所拯救。他们曾经，他们也仍旧互相绽放美好的微笑。

某天，吉姆不发烧了，躺在已经躺了一个冬天的床上，用手撑着头，想着将要做母亲的凯特。有一次，她在商店里好玩地假装挺着大肚子走路。还有一次，她在画布上寥寥几笔勾勒了一个小婴儿的脑袋，长着金色蓬乱的卷发。他想象着凯特将他们的孩子抱在怀里，一下子热泪盈眶。来看望他的客人和他说话，他心不在焉，答非所问。客人们担心地离开，他独自沉浸在对妻子和孩子的幻想里。

在这灰暗的时期，凯特写来了一封信："快来，也许你还能感觉到孩子的存在。""也许"这个词是在威胁他吗？他一点也振作不起来了。他不能为一个"也许"

大老远跑过去。

一切都时暗时明，捉摸不定。

他提出让凯特到巴黎来和他一起住，但是他母亲知道了此事，她本就不赞成他们的生活方式，而且丝毫不掩饰她的反感。他害怕凯特和他母亲接触之后会受到极大伤害，于是他建议凯特到巴黎之后先在家附近的旅馆住几天。凯特得知之后以为他完全不在乎自己和孩子。

他们总是阴差阳错，彼此误解。

儒尔提议他和凯特重新结婚并负责抚养孩子。

"噢！"吉姆想，"挑战人间的律法很美妙，顺从已有的惯例却实际得多！"

经历几番天堂及地狱般的交替折腾，小婴儿在母亲的肚子里三个月时便夭折了。

儒尔写了封短信告知吉姆，凯特希望从此以后不再往来。

就这样，两人没有生出一儿半女。

吉姆始终对凯特突然怀孕这件事有些疑惑。他请教他的医生，医生说："这种情况是有的，一对如胶似漆的夫妇可能长时间生不出孩子，某天两人为了一点小事闹矛盾，比如吵架，然后同房时女人表现冷淡，就一下子怀孕了。"

原来就是在他们最后那一夜怀上的！吉姆有点明白了。他第一次完完全全地相信凯特说的话。

他思考着："我们把生命之源当儿戏，把它当作互斗的武器，所以它把我们卷进痛苦的浪潮里，让我们不育。"

哪天儒尔愿意跟他谈谈这事，他就能了解更多细节。

他逐渐产生了一种想法，假如凯特和他是同一种族，信仰同一宗教，当初或许能避免不幸。

归根结底，他们的交流需要通过不同语言之间的转换。他们对字词乃至手势的理解并不完全相同。在极度惶恐不安的时刻，爱情一旦破裂，他们之间就没有了共同的基础。关于秩序、权威、男性和女性扮演的角色，他们各自的观念都不一样。

他们当初轻率鲁莽，想要在彼此之间架一座桥，确实也做到了——但他们固守自己的骄傲自大，他们都不是圣徒……也许他们未出生的儿子能成为圣徒。

凯特和儒尔也不属于同一种族。凯特是纯日耳曼人，一只"战斗的母鸡"，儒尔是犹太人，但除了几个要好的朋友，他通常不和犹太人来往。

六个月后，吉姆恢复了健康，在巴黎继续工作。

六月，儒尔告诉他，他已经和凯特复婚。

就这样，他们的家庭没有破碎，凯特留在了儒尔的身边，远离阿尔伯特。吉姆给他们送去了他的祝福。

八月，吉姆有个机会去了他们国家的首都，他们目前在那里居住。

他写信给儒尔，问他可否见面。儒尔回复说可以见面，但凯特不想见他。

吉姆觉得这很正常。

2 白色睡衣……在哈姆雷特的国度

　　他来到儒尔住的城市，两人一见面便像往日一样亲密无间。吉姆难以说清儒尔对他来说到底是什么。从前有人说他们俩是堂吉诃德与桑丘。单独和儒尔相处的时候，就像昔日单独与凯特相处，吉姆完全忘了时间的流逝。只要和儒尔在一起，即使是做一些微不足道的事情，他也能从中得到极大的乐趣。抽儒尔的雪茄感觉就是比抽自己的味道更好。从认识的第一天起，儒尔无时无刻不在启迪着吉姆，尽管儒尔自己并没意识到这点。他像磁铁般吸引着吉姆。

　　儒尔说他写了一些关于印度大神的诗。

　　慢慢地，他谈到了凯特：他担心她会自杀。凯特买了一把手枪。她经常说："某某人自杀死了。"那口气就像在说"某某人得霍乱死了"。自杀在她眼里是一种无法抗拒的存在，像一只大螳螂挡在面前，把人攫走。

她知道吉姆来了，也知道儒尔去见吉姆。她给儒尔与吉姆制定了见面的时间限制，以免儒尔在家的作息习惯受到影响。

有一天儒尔向吉姆转达了凯特的邀请，请他到家里喝茶。

在路上，吉姆自问：我不是特意来见她的吧？他告诉自己：不是。

凯特沉默寡言，像个孀妇。她脸上的笑毫无生气，某天她自己也这么说。她的样子显得成熟了些，仿佛大病初愈，动作迟缓。

喝完了茶，她带吉姆去了儒尔的大工作室，并对他说："冬天我单独来到这里，想象你坐在那儿，我认真瞄准，然后开了一枪。子弹打穿了这块木头，还有那面墙。"

她指给他看那两个弹痕。儒尔没有跟他提过这件事。

她流露出厌烦的样子，要他们第二天和她一起散步，去附近的一个湖边。

她对女佣说："把我的白色丝绸睡衣装在包里。"然后儒尔整天把这个用细绳捆好的小包提在手里。吉姆自问自己在这里要扮演什么角色，但很快就把这事忘了。

他们默默地走在美丽的林间小路上，气氛压抑，像在送葬。吉姆感觉到凯特掩藏着某种目的。她和儒尔看起来关系还比较融洽，两人复了婚。她一路沉默，直到儒尔去买票时，她才第一次抬起头正眼看吉姆。

"你毁掉的一切……"她开口道。

吉姆想说些什么，打住了。他的话什么都不算。

三人坐小火车到达湖边，湖坐落在长满树木的山谷之间。在这个晴朗的午后，他们沿着湖边的小路向前走着，过去将三人系在一起的情谊已经像断了的线，若有似无。

吉姆感觉到，尽管凯特极力地克制着自己，但她似乎想给他一些希望。什么希望？八个月前，在分别的前夕，他们已经把自己内心深处的真实想法告诉了对方。那些想法对吉姆来说依然作数，比后来在信里写的话更重要。她还想怎样呢？他又为什么要来呢？

儒尔和吉姆小心翼翼地面对凯特的郁郁寡欢。如同奥德修斯为了抗拒海妖塞壬歌声的蛊惑而把自己绑在船桅上，吉姆硬起心肠，不让凯特的声音动摇他。

日暮时分，湖边有个餐馆的装饰小灯忽然全点亮了。

凯特漫不经心地说："我饿了，就在这儿吃晚饭吧。"

她踏上通往餐馆的小道，走了进去，餐馆露台朝着湖面。

餐馆里的一张软藤椅上坐着哈罗德，嘴里叼着烟。

吉姆惊呆了，心里暗暗地想："真是好手段！"

"老天！哈罗德，"凯特说，"你怎么在这儿？"

"我来透透气。"哈罗德说。他亲吻了一下凯特的手，随意地和儒尔还有吉姆握了握手。

"你跟我们一起吃晚饭吧！"凯特说。

"如果马上就开始的话，乐意之至。"他回答。

"你晚上在城里有个浪漫约会？"

"有可能……"

他们围坐在一张圆桌旁，凯特坐在儒尔对面，哈罗德和吉姆分别坐在她的左右手边。

吉姆琢磨凯特喜欢亲自动手复仇，为什么没有设置圈套把他捆起来丢进湖里？如果她真的那样做，他会反抗。

凯特、儒尔和哈罗德说着共同的母语，三人谈笑风生，语速极快，吉姆跟不上，也就不参与了。

哈罗德是天之骄子。凯特还是少女时他就和她相好过，凯特与儒尔婚礼的前一个晚上他又和她春风一度，在吉姆第一次离开木屋前独自去看电影的那天，他再次得到了眷顾。哈罗德是凯特用来报复的手段。吉姆很想跟他比试一回拳击，好多了解他一点。吉姆努力想象着两人比拳的画面。

哈罗德和凯特喝了利口酒。

晚饭后，四人在林间快步行走。走着走着，凯特突然抓住吉姆的手臂，倚着他把一只鞋脱下，倒出里面的小石子。她到底想做什么？

他们到了小车站，坐上小火车，回到小城后步行绕过一座湖，在哈罗德家门前停下来互道再见。凯特与哈罗德握手道别，走回儒尔和吉姆身边。这一切是什么意思呢？

凯特突然改变了主意。

她对儒尔说："给我那个小包。"

他伸手递过去，小包的绳子缠住他的小手指。她把它解下来，抓在手里，走到哈罗德身边，轻轻挽起他的手臂，礼貌地道了一声"晚安"，然后和他一起走向他家前廊，进了大门，沉重的大门咔嗒一声关上了。儒尔和吉姆呆若木鸡地站在门前。

"又来一出，还是好手段！"吉姆说，"用白色睡衣当道具。出人意料。"

凯特一次打击了他们两个人。吉姆挽起儒尔的手臂一起走。

"喔唷！"吉姆叹气。

"喔唷！"儒尔跟着轻轻叹了一声。

"这招确实管用，"吉姆说，"可是我很惊讶她居然没换一个新的男人来担任这个角色。哈罗德已经被她利用过这么多次……"

"何必换？"儒尔说，"今天晚上哈罗德来得恰到好处。"

他们走进一家酒馆，喝着啤酒，点燃细长的弗吉尼亚雪茄，重新聊起与凯特毫无关系的单身汉的话题，直到夜深。

第二天中午，吉姆还躺在床上，在酒店漂亮的小房间里。他盘算着未来几个月的计划，想着写几封信。

酒店服务员来叫他接电话。大概是儒尔。他跑到走廊尽头的电话亭。

"吉姆！吉姆！吉姆！"

凯特的声音传来，像昔日一样富有磁性，如同一头母狮在低吼。

"吉姆……昨晚对我来说太糟糕了！看起来非常愉快，却让我认识到我根本不该在这里，这种人生，这种心境，对我来说就像死了一样……这是一片荒漠，吉姆，令人心死的荒漠。吉姆，我念着你，我找寻你，吉姆——是你吗？你在听我说话吗？"

"是。"

"那快来找我。"

凯特挂断了电话。

吉姆举棋不定。

他来到她家的起居室，只见她神采奕奕。昨晚被蔑视，可这没什么大不了！她重新确信自己的爱丝毫未变。昨晚，她顿悟了。她对吉姆的爱像夜空中升起的明亮的星星，把一切都净化了。她讲述了很多细节，某些细节有可能让吉姆厌恶，她也没有遮掩，但她讲述得娓娓动人。

吉姆一边听着，一边想着去年冬天他们所经受的折磨和痛苦。他已经将这份爱情埋葬。他让她继续说下去……她顺便又说："孩子？我们要生几个就可以生几个。我们有一辈子的时间。"

这话冲垮了吉姆心中的最后一道防线。她不管他的想法，汹涌而来，像一大片原油遇到一颗火花瞬间点燃，两人顿时爱火焚身。

"儒尔怎么办？"吉姆终于问。

"他爱我们两个。他不会感到意外的。他的痛苦也会减少一些。去年冬天他跟我们一样很难过。我们会以我们的方式爱他，尊重他。"

有人敲门。儒尔在门口说话："孩子们在等着你吃午饭。"

"进来，儒尔！"凯特叫他。

儒尔走进来，他们拉起手。

凯特说："看看我们俩，儒尔。"她想争取他的支持。

儒尔扬起眉毛，表情有些严肃，似乎并不惊讶。

"儒尔，吉姆和我们一起吃午饭。"凯特说。

"好，那快来吧。"儒尔答。

小女孩们和玛蒂尔德看到凯特兴高采烈的样子，也热情地欢迎吉姆加入。

他们俩避免在儒尔的住处见面，但是，儒尔知道凯特经常去吉姆的住处，厮守到午夜。两人依依不舍，分开实属不易。

儒尔对凯特说："我不喜欢别人叫我圣人。圣人像驴子，任人欺负，替人背负重担。不，我不是圣人！可我还能怎么办？"

凯特和吉姆忍耐着，但渐渐憋不住了，时值九月，凯特说："我们出去走走吧。"

"去哪里？"

"去哈姆雷特的故乡。"

他们上了最近的一班火车，没有座位，只能站在过道上。火车一路开过平坦的土地，他们很喜欢，抽起了香烟，然而有块珐琅牌子上写着禁止抽烟。查票员路过，罚了他们的款，并开了一张有存根的收据。当时货币正在贬值，罚款因此不值一提。他们继续抽烟，过道里其他乘客也抽了起来。查票员时不时经过，每次都重新开了罚单。对这些吸烟者来说，这成了一个小游戏。查票员微笑着说："下周开始会有新的罚款金额和新的单据。"

吉姆觉得这个查票员很有趣。

火车到达丹麦的国境边，他们下了车，来到一个小小的海水浴场。秋末冬初，尽管有肉类消费的限制，旅馆供应的蔬菜炖肉还是多得让他们吃不完。

北欧的海水退得很远，露出大片的沙滩，上面布满海水冲刷出来的一道道沟壑，像大脑沟回，隆起的大沙堆之间则形成了深沟。涨潮时，流速极快的海水灌进沟里，从后方将人团团包围。凯特很喜欢这种潮水，她不仅自己玩得开心，还能帮一把身边可怜的吉姆，他游泳技术太蹩脚。

她在冰冷的海水里裸泳，就算是刚吃过一顿大餐之后也这么做，她对吉姆保证："我还从来没有过什么不舒服呢！"

一天早上，他们发现一片窄窄的沙洲，平整紧实，绵延数公里，尽头有个木头搭建的建筑。他们决定步行到底看个究竟：原来是渔民的棚子，空无一人，高高的桩基上安装了反射镜。凯特面前有一只海鸟的尸体，腹部朝天，大概有一只手掌那么大，羽毛像蜂鸟一样富有光泽。它一定是撞到了反射镜。"希望这不是一个不祥之兆。"吉姆心想。

他们赶在涨潮前原路返回。

沙洲上不见其他人的踪影，吉姆便给凯特拍了一些裸体躺在沙地上的照片，其中有一张他觉得比他见过的任何一张摄影作品都美。此时他们正缺钱，于是想把照片寄给柯达公司参加摄影比赛。但是，尽管照片上只有凯特的背影，他们仍担心展出时有人会认出凯特，就放弃了这念头。

他们在蓝天和黄沙之间一起游玩了十天，很好地处理了一些小矛盾，放在以前这些小矛盾很可能就演变为大误会。

在拥挤的回程火车上，凯特不小心让别人占去了她身旁原本属于吉姆的座位，吉姆只得站在离她很远的走道上，连续站了好几个小时。他心里琢磨着：他没有当众提出抗议，凯特是不是感到失望？当时他看见她让别人坐了他的位子，有点没反应过来，以为那人是个受伤的战士，后来再要去争辩已经太晚了。

他们回到凯特家宽敞的公寓，与她的家人重聚。凯特、两个小女孩和玛蒂尔德一本正经地带吉姆参观她们的房子：阳光充沛，一面朝向树林，另一面朝向林中空地。这是凯特当机立断及时出手买下来的。她们给吉姆讲述了整个过程。

房子一角的正方形大房间是凯特和儒尔的卧室。与之相邻的另一个方形房间是儒尔的工作室，然后是起居间、饭厅，还有另外几个卧室。

凯特之前经常招待朋友，规模愈来愈盛大。儒尔不胜其烦无法工作，把工作室一间一间地调换，最终退到最小的一间房里。后来他们决定分房睡。儒尔天生爱独处，又怕被凯特日常组织的活动干扰，就选了唯一一间朝向院子的房间当卧室，也当工作室。他让人在四面墙上都装上高至天花板的书架，放上他的藏书。在这个房间里，他就像个僧侣，只要凯特不叫他，他安静得很。他喜欢她到他的房里看他，而不是叫他出去会见来访的客人。前两年他们住湖边木屋，就把这房子租了出去，直到去年秋天才收回来。

自从吉姆重新进入凯特的生活，儒尔也比以前更多地参与到凯特的日常活动中。

吉姆久久地待在儒尔偏于一隅的小房间里，听他朗读新作的段落，帮他翻译。凯特愿意让他们一起工作。

那么这期间她做什么呢？她在白色的大窗帘上画画，用象征的、立体主义的手法描绘她和吉姆的故事。除了一些写实的细节外，任何一个不了解他们的人都看不出她画的是什么。但当她用一根长棍指点着画上的线索向吉姆解释，他就能随意复原她所表达的情节，愉快地欣赏。

凯特和儒尔把吉姆接到他们家里，他就不再住酒店了。

凯特有两个女友住在乡下，她想让吉姆认识她们。凯特经常说起这两个女友，儒尔总说她对她俩的评价夸大其词。

她们两个人截然不同。一个是马术比赛的常胜冠军，另一个是护士，两人都是单身。凯特喜欢想象吉姆爱上她们其中某一个，他会如何对她们说话，她们又会如何回应。饭桌上大家经常拿这个开玩笑，凯特却渐渐地有点当真了。她慷慨地把吉姆和她的这两个女友轮流凑成一对。吉姆听了总是大笑，心里觉得自己是属于凯特的。

凯特带着吉姆来到那位马术高超的女友家门口，一起走上楼梯，她的心怦怦直跳。按门铃之前，她对吉姆说："再过十秒钟，你就会爱上另外一个女人。"

她给了他一个吻。

女骑手修养好，胆子大。她请他们喝鸡尾酒，一起聊天。所有与马无关的事情她都不感兴趣。他们陪她去了一个军营场地训练，她骑着一匹神经质的母马飞越障碍物，一次比一次高。表演十分精彩，但没有打动吉姆，而女骑士对这个不会骑马的男人也不屑一顾。到此为止。

　　凯特说："既然这样，就轮到安吉丽卡。"

　　一从女骑手家回来，她便带他去见安吉丽卡。她是一个既聪明又善良的女孩，热爱工作，家里陈设无可挑剔，明快宜人。但无论凯特如何强调吉姆的种种优点，安吉丽卡似乎都对他没有任何意思。

　　从安吉丽卡家告辞之后，凯特说："她很保守，慢慢来，需要一点时间。吉姆你呢？你觉得她怎么样？"

　　"她在她那一类型里是完美无缺的。"吉姆答道，"如果她和我两个人困在一个荒岛上，也许我们会彼此欣赏，组成家庭。"

　　凯特听完松了一口气，但又有些失望。儒尔对这事颇为关心，比吉姆还认真。他把这些故事与他笔下的印度大神联系起来。

　　儒尔大部分时候看起来挺快乐。他们觉得他像一个佛陀，他了解他们更胜过他们了解自己。他经常像拿破仑的母亲莱蒂西亚那样说："但愿好景常在！"

　　儒尔比吉姆更擅长跟凯特玩假装的游戏。他们和孩子们一起唱德国和法国的流行歌曲："勇敢的水手从战场归来……多么甜蜜……"歌谣里美丽的女主人低下了头，勇敢的水手对她唱："他让你生了三个孩子，而现在您有了四个……"吉姆听了不由得动容。

凯特发明了一个游戏：村子里的白痴。"村民"是所有坐在圆桌旁的人，吉姆演白痴。所有人要和白痴说话，虽然对他心存畏惧，但不能流露出来，也不能激怒他，同时要让其他人明白他觉得这个白痴有多愚蠢。凯特一边玩一边放肆大笑。吉姆几个小时以后才明白过来，嗤嗤发笑。他感觉自己真的是村子里的白痴。

凯特带着伊丽莎白和玛蒂娜走进饭厅，吹着短笛般响亮的口哨，那是一支腓特烈大帝的军队进行曲。

她们围着桌子像士兵一样列队站好。凯特给她们讲述关于腓特烈大帝的种种奇闻。

凯特的书桌上摆着一个令人心碎的腓特烈大帝死亡面具的复制品。腓特烈大帝这个永不满足的理想主义者，他的脸部线条与凯特颇为相似。

凯特在决定实施惩罚之前总是询问他的意见。

她很想看到腓特烈大帝和拿破仑对决，两位英雄的较量该会多么壮烈！

3　以牙还牙·威尼斯

　　吉姆常回巴黎工作，逗留的时间很长，凯特对此没有异议。他发表一些对戏剧的调研报告，因而时不时回到中欧，与儒尔和凯特愉快地相伴两周之后离开，这些时光可以让他回味数月。

　　一年时间就这样过去，快快乐乐，几乎没有烦心事。过去给彼此造成的伤害让凯特和吉姆学会了避免走极端，尽量不被那股巨大的冲动完全控制，以他们自己的方式保持纯洁、顺从，不滥用自己的聪明，而且尽可能地支持儒尔，让他长期全心投入艰巨而细致的脑力劳动。

　　他们自以为能做到不再互相伤害，然而，如同晴天霹雳一般，他们很快重蹈覆辙。

某天一个年轻男子从巴黎来见他们，他母亲曾在吉姆的生活中扮演过重要角色，对吉姆和凯特的关系也有所耳闻。吉姆考虑到对主人家的尊重，毕竟儒尔与凯特已经复婚，因此并未在年轻男子面前明显表现出与凯特的亲密。凯特立刻下了结论："如果吉姆想对那个女人的儿子隐瞒我们的关系，这说明他在巴黎时那个女人仍然是他的情妇，不管他嘴里怎么说。"

她脸色唰地变白，起身看了一眼吉姆，脸上露出"无可挽回"的微笑，走了。

"可怜的凯特。"儒尔叹道。

吉姆感觉自己重新陷入地狱。他再也不愿这样。他躺在床上，双臂交叉撑在胸前，双目紧闭，回想刚才的一幕。一个小时静静逝去。

他没有看见凯特走了进来，注视着他，也没有听见她在地毯上的脚步声。

"够了，吉姆，"凯特轻声说，"我以为你背叛了我，所以我也背叛了你。已经过去了。"

"什么过去了？"吉姆问。

"我们的不幸。你的痛苦治愈了我。"

"你做了什么？"吉姆问。

她说了。是一个吉姆不认识的男人，以前追求过她的一个画家，正好就在她的身边，便派上了用场。他采取了保护措施，绝对不会有任何后果，这算是扯平了。

吉姆质问："扯平了什么？什么事都没有！"

"扯平我以为发生过的事，"凯特说，"现在我不那么认为了，但如果不这么做我会一直认为它发生过。"

"那我呢？我怎么算？"吉姆悲叹道。

"吉姆，你哭了！"

凯特欣欣然吮吸着吉姆的泪水，吉姆这才意识到自己的眼眶是濡湿的。他看凯特就像一头为所欲为的野兽啜饮着自然的养料，满足地品尝着他心里的鲜血。他极度绝望，精疲力竭。

凯特整个晚上抱着他，像抱一个生病的孩子。他在她的怀里睡着了。

第二天，他们才恢复常态。

然而吉姆对这次新伤难以释怀，接下来的一个月他去了巴黎。他们彼此写信，保持交流。

凯特沉寂了一段时间，儒尔寄来了一封信，字里行间透露出他很困扰。接着凯特终于来信了，但内容相当奇怪，她提到可以攀爬上来的阳台、开满花朵的露台，绕来绕去就是不提某件她不肯明说的事。这封措辞谨慎的信让吉姆想起在她的笔记簿里关于哈罗德的双手的那几页——她说了却不说明白，她可太会这一招了，随时可以咬定："我把什么都告诉你了，是你自己没听明白。"

吉姆决定立刻以凯特的方式进行反击。他找到一个十年前与他眉来眼去的女艺术家，一个漂亮、豪放的女人。他们之间没有什么感情，只是有点想入非非以及满足好奇心的企图。他慢慢地品尝报复的滋味。放任自己如此容易，他和这个凯特之外的女人一起厮混了一整夜。他没有对她隐瞒自己心有所属，她也一样没有隐瞒。对，凯特说的话没错："极端不忠，或稍微不忠，都不重要，要的是和心中所爱作对。"

吉姆想象着凯特与哈罗德、阿尔伯特或是最近心血来潮找的那个画家在一起的时候是什么样。或许他的不忠只是为了更好地理解凯特的作为？这像是他们之间爱情的模式，是一种剧毒的解药，不可再用。归根结底，吉姆并不比凯特高尚，而这一点使他们俩更接近彼此。

他立马写信给凯特，告诉了她他做的事，焦躁地等待她的回信。她回复说："太疯狂了！我们再也不要提起这事！马上停止！阳台上没有发生任何事，都是你的想象，回来吧！"

儒尔在信上附了一行字，向他保证："阳台上没有发生任何事。"

吉姆重读了凯特最近寄来的信，不再觉得极不安心。他赶回去见她，这一次是他犯了错。他感觉自己做的事虽然伤了她的心，但她能理解，而且迂回地表达出某种行家的赏识。

大概她不会再用这样的方式进行报复了吧？除非她确信他做了什么对不起她的事。可对她来说她脑子里的想象不就是一种确信吗？又或者，她还会报复但再也不会让他知道？

他们再一次互相平衡，从零开始——如同猛禽再一次飞到高空盘旋窥伺。

重逢时他们总显得胆怯。是因为他们都害怕又给对方带来一次同样的伤害？每一个日出绝不可能一模一样，他们的每一次重逢也各不相同。

一年又过去了，期间吉姆数次来看凯特。他们终于实现了夙愿，到卢加诺湖畔度假两周，住在一个精致的提供食宿的小旅馆，这是二十年前吉姆和他母亲一起旅行时发现的。严酷的冬天过后，他们在那儿找到了春天。经历了匮乏之后，日子重新丰盛起来。明媚的光线，意大利的气候，都让凯特惊喜。

瑞士女仆帮他们把厚重的窗帘拉开，让阳光洒满房间，端上一整盘的巧克力、黄油和果酱，放在他们的床上。

两人泛舟湖上，吉姆看着凯特从小船上跳入水里，像水神一般轻松自在地游来游去。他们还扔小石子玩耍，试图击碎漂流在水上的空玻璃瓶。

除了专注于自己，他们什么也不做。

一天晚上，凯特躲在树丛后突然跳出来，整个人扑在吉姆身上，双手勾住他的脖子，吉姆差点晕过去。两人发现原来吉姆的心脏不是禁得起任何考验的。

他们去爬附近的小山。下山时，吉姆突然感觉受过旧伤的膝盖一阵剧痛，凯特很高兴地用肩膀撑住他。

两人划着船到了意大利一侧的湖岸边。回程时山顶突然暴雨如注，迅速向他们袭来。雨水让人看不清方向，急浪拍打，小船直晃，湖水打上了船。闪电阵阵劈下，他们四支桨一齐拼命划，离岸边却还有一刻钟的距离。此时他们的桨撞到了一块儿。

"坐到后面来，吉姆。"凯特说，"把积水舀出去。让我划桨。"

吉姆划得不错，但凯特划得更好，因此他听从了她的指挥。他看到凯特浑身淌着水，白色丝质衬衫贴在皮肤上，心无旁骛，像真正的水手一样拼命划桨。她的双眼闪闪发亮。她恨不得船翻了，这样就会更曲折有趣，也有机会救吉姆——或是和他一起溺水死去。

她把船成功带回了岸边。

他们到赌场玩轮盘，分别准备了同等金额的硬币，分开下注。他们把每一块瑞士法郎想象成一百块那么多。吉姆看着凯特玩，她表情严肃，一动不动，忽然一下有了灵感选定一个数字。她像吸香烟一样沉浸在赌场游戏之中，不断赢钱，赢钱，愈赌愈大，最终全部输光。

"太值了！"她说，"不论输赢如何，玩得开心！你呢？你玩得怎么样？"

"目前暂时赢了一点钱。"

"那赶紧去喝一杯吧！"

他们到咖啡馆的露台坐下，一反常态地喝起利口酒，抽着真正的英国香烟。眼前是城里最大的广场，广场上有一个农夫市集，牛车来来往往，好不热闹。

　　他们谈起儒尔提过他大学时代第一次南下游玩的经历。他的讲述很有意思：他骑着单车在雨中前进，雨衣下面背着背包，像个驼子。经过一间工厂时，一群年轻女工向他涌来，拦下了他，团团围住，伸手摸他的驼背，因为据说触摸驼背会带来好运。其中一个女孩给他留下了深深的记忆，他懊悔没有为她和这个城市留下来。他们的儒尔，那一刻的他该有多么可爱和善良。

　　他们说好要去意大利深度旅行一次，两周的假期即将结束，这计划让他们感到了一些安慰。

　　几个月后，两人在威尼斯又见面了。

　　他们走进一座大教堂，一群唱诗班的孩童身着颜色鲜亮的衣服，扯着嗓子唱着一长串祷文。那一气呵成的连祷，吉姆和凯特都听不出是哪一篇。唱诗班不时重复着一句："E tutti i Santi del Paradiso."（及天堂的所有圣徒），这句子的发音让吉姆记起他和儒尔从那不勒斯到雅典的旅行中听到的第一句意大利语，那是一个孩子说的："O gia mangiato la farinata."（我已喝了我的粥）。这天籁般的美妙歌声开启了他们的壮游。

　　众所周知，威尼斯是恋人们永恒的恋爱天堂，集昔日的华贵和现代的摩登于一体，对他们俩来说也是。他们的酒店房间里有一张舒适无比的 letto matrimoniale（双人床），垂挂着宽大的帐幕。在小桥旁的餐馆里，他们品尝了一种用醋腌的大如李子的章鱼。大众戏院里粗俗的玩笑戏码和乐不可支的观众也让他们开怀大笑。他们在运河旁流连，漫无目的地闲逛，寻找新鲜玩意。

两个星期之后，他们有点厌倦，需要和威尼斯稍稍拉开一些距离。两人在伊斯克拉翁码头搭上一艘小蒸汽船，船缓缓地行驶，带着他们浏览平滑如镜的环礁湖，美丽的风景激动人心。他们参观了基奥贾城，那里的小婴儿被抱在母亲的怀里，表情很严肃，眼睛上停满了苍蝇，母亲却从不伸手驱赶……这个城里男孩和女孩的眼睛都出奇地漂亮。

他们到了一个小渔港，从这里走到利窦城需要一个小时。他们在一家客栈住下，白色的大房间里有两张床，干干净净。他们像渔夫一样吃意大利面和西红柿。

两人徒步到了利窦城，借来一个帐篷露营，和那些小孩众多的威尼斯家庭一起扎营。海边炽热的沙砾烫脚，他们一天泡三次澡。凯特帮吉姆稍稍提高了他的跳水技术。

他们常去海滩。沙滩上躺着男人和女人，除了把自己晒成古铜色之外无所事事。有些人已经晒成了巧克力色，金发女子尤甚。皮肤晒成褐色的家伙们轮流表演杂技。这里与北欧的海滩天体营大不相同，暴露及性吸引在这里更加直接，举止更轻浮。这里处处是酒吧和寻欢作乐的人。如果凯特愿意的话，她的金发和晒得很深的肤色能引来不少狂蜂浪蝶。

尽管她并未刻意展现魅力，仍然引人注目。她有着游泳健将的宽肩膀，纤细的手腕和脚踝，动作利落，跳水姿势优美，下水能游很远，这一切都非常吸引眼球。只有一个棕发强壮、人称"沙滩皇后"的女人能在短距离游泳的挑战里打败她。有人提议搞个比赛，凯特不肯参与。

渐渐地，吉姆觉得别人把他当成碍事的人。他占据着凯特的注意力，既不会游泳又不找乐子，不配拥有凯特这个无与伦比的宝藏。他擅长的拳击和标枪投掷在这里无从表现。他像是女王的配偶。沙滩上的男人们比他和儒尔更英俊，也更阳光，是不是比他俩更配得上凯特？他只要离开一小会儿，就会惊讶地发现好多男人在密谋接近凯特。

某天下午，凯特下水游泳，过了一阵子，很明显她正往最远的一个沙洲游去。一个头发黑亮的魁梧男人站了起来，跃进水中跟随凯特游去。吉姆看他就像芭蕾舞剧《天方夜谭》里的黑人舞者。众人的目光盯着水里的两人。凯特并没察觉有人尾随，他赶上了她，随后游得很远，远到吉姆用望远镜都看不见。很长一段时间之后他才再次捕捉到他们小小的影子，他们一起从水里出来，坐在沙洲上。吉姆担心会发生最糟糕的事情。他们大概在说话。然后那个男人站起来，似乎在做示范，跳入了水中。

他游了回来，一帮人围过去，七嘴八舌地问问题。他的眼睛又大又黑，嘴唇鲜红。他朝着吉姆歪了一下头，示意其他人，然后倒在沙滩上滚了滚，弄干身体，领着众人朝酒吧去了。

在望远镜里，吉姆看着凯特正常地游了回来，眼圈有点发黑，他迎上去递给她浴袍。

她说了事情经过。

"游到全程大约四分之三的时候，我突然听到后面有人，看着他游到我的身边，一面说笑一面想抓住我，说是为了帮我。我淡淡地拒绝了，可他仍然搂着我的腰。还好我会点柔术，轻松地摆脱了他，没有发脾气。上岸之后我有点害怕起来，以我的体重，他要动起手来恐怕很容易，而他好像已经打定了主意。不过他想得逞的话要么完全靠暴力，要么得到我的同意。我就对他表现出伙伴式的信任，同时保持距离，指出他的泳姿有问题。他就开始站着演示蛙泳姿势，一下子暴露了他的兴奋。我假装没有发现，还是用我的方式游泳，然后把他给甩开了。"

吉姆只怨自己不能陪着她一起游。他问："在这么美的环境里遇到这个高大的男孩，你一点也没动心吗？"

"动心啊，"她说，"你也会的，如果那个棕发美女在同样的情境里对你投怀送抱……但仅此而已，没有更多。"

"可她没有任何理由对我投怀送抱。"吉姆说。

"你怎么知道，那是她的想法，不是你的。吉姆，你要知道，水里是我的地盘，你有你自己的地盘。"

她看到他一副不放心的样子，就说："如果是以前，他也许能诱惑我……但是，那只不过是美丽的肉体，不是我寻求的东西。"

她接着说："我们在这边已经待够了，我换个地方游。"

其实凯特本来极有可能赢得一场女子游泳比赛——

两个小岛之间的往返游。比赛的海报刚张贴出来。她本可以玩得很开心。吉姆使她失去了这个机会。

他们有时候回到威尼斯城玩一天，哪怕只是为了搭乘突突响的小蒸汽船缓缓穿过环礁湖，欣赏美景，也很值得。

在圣马可广场，凯特吃了一个味道不喜欢的冰激凌，觉得特别恶心。为了舒舒服服地休息，她在咖啡馆坐下来，然后去了旅馆，甚至进了普通人家里。她头发晕，额头渗出汗珠。吉姆时不时撑住她，觉得她比往常轻很多。她就是这样，就连生病也要彻底。他扶她上了小蒸汽船，到了甲板上，她还是很不舒服，靠在吉姆怀里，说："你看，你可以照顾我的，你照顾得这么温柔，你真的分担了我的难受。"

在宽敞的房间里，因为天气极其炎热，他们都光着身子，除了说话就是做爱。可能是说话说得太多，可能是做爱做得太多，可能是他们从来禁不起这样没完没了的幸福，也可能是这酷热热得他们精疲力竭，他们心中升起一种不安，连壮丽的海景和威尼斯城中的欢乐都缓解不了这种不安。有一次凯特突然提起了吉贝尔特。

　　某个晚上，他们走到港口的防波堤旁，躺在草地上，不远处停泊着一条条窄窄的渔船，渔夫安安静静地点亮了灯煮着意大利面。夕阳西没，星光闪现。

　　"吉姆，如果你愿意，"凯特打破了沉默，说，"我们回去看儒尔和孩子们吧，然后我们一起到波罗的海去。在这里我没有家的感觉。我需要我的北方，我喜欢我的普鲁士，我想你也开始喜欢上它了。你知道我也爱法国，毋庸置疑。在这两个地方，我们才有家的感觉。"

　　"当然，如果你想，明天就回去。"吉姆答道。

　　他们开心地北上回家，和当初开心地南下度假一样。在火车上，凯特给吉姆画了一幅夸张的漫画，加上一些文字，把他笑疯了。她是了解他的，她的吉姆。

　　到了凯特的祖国，他们下了车，去车站餐馆吃东西，发现一杯茶的价钱已经惊人地飞涨，货币疯狂贬值。一个非常老的侍者，忽然算不出账单的价格，大哭了起来，然后破口大骂，越来越凶，他疯了，有人把他带走了。

　　货币贬值却让他们第一次买到了同一车厢的卧铺票，更快地赶回去与儒尔和孩子们相聚。

4 波罗的海上的岛

两人和众人在大公寓里重聚。假期已接近尾声，但既然妈妈回来了，他们要一起再去度个假。

"你看我说对了吧，"伊丽莎白说，"她回来了！"

"你说对了，"玛蒂娜学她妈妈说，"可是没有人永远是对的。"

除了儒尔不得不留在家工作，所有人出发到了波罗的海上的一座岛，在一个渔村里住下。阳光就像凯特说过的那么灿烂，吉姆明白她多么思念家乡的风光。北国的渔夫和威尼斯的渔夫很不一样，但一样爱开玩笑。他们的眼睛蓝得刺眼。

凯特需要办一个新证件，吉姆就陪她去了市政厅。工作人员重新登记了她的体貌特征。

"脸形……椭圆，"工作人员仔细打量着凯特，口述道，"发色……金色，眼珠……"他迟疑了一下，"……灰色。"

凯特那双出了名的蓝眼睛在这个人人都是湛蓝眼睛的国度里相形之下成了灰眼睛！她本想提出反对意见，但是放弃了。

他们和伊丽莎白还有玛蒂娜一起光着身子在沙丘上玩，以鲜鱼和熏鱼为食。他们打老式网球，凯特的防守厉害极了，吉姆特别喜欢看她和他对打时展现出的英勇顽强。他最终赢了她，却把她抬起来欢呼。打乒乓球则是凯特大获全胜。

他们在夜里驾着一艘大帆船出航，由凯特掌舵。她教吉姆操舵，靠观察星星来辨认方向，逆风换抢。船上的老水手在一旁吸着烟斗，什么都不用管，直到船开进码头。他们上了一个狭长的小岛，四面的海岸都很近。他们很喜欢这种生活，甚至想在这里建个房子。

凯特买了一块长满杉树的土地，吉姆又提早收到了一笔款项，他们便开始一起设计房子。

这个房子要建成细长形，每一个房间都能照进阳光；还要建得高，高过杉树顶。每个人都要有自己的房间，小小的，设计成船舱的样子，凯特和吉姆的那间得有双倍大，起居室也是。没有浴缸，用淋浴。儒尔的房间在楼下。

凯特找了一个前卫的建筑设计师，他对这个构想很有兴趣，做了最详尽的空间规划，把草图寄给了她。整栋房子的造型像一艘船。凯特雇了泥水匠和屋架工，他们似乎都明白了设计的要求。

此时吉姆接到一封从纽约发来的电报，要他去巴黎会面。他不得不离开。

为了监督房子的工程，凯特把家人都送走，一个人留了下来。下雪了，圣诞节时她和建筑工人一起庆祝了房子主体结构的落成。等到春天就可以完工。

建房过程很不容易，吉姆收到她的信，信里仔细描述了种种波折。

发电报给吉姆的是一对美国夫妇，杰克和米歇琳。他们请吉姆到巴黎会面，希望可以和吉姆一起编辑一套杰出的当代剧作手稿集。

在吉姆眼里，除了儒尔，杰克是他最有个性的朋友，一个不折不扣的领袖人物，推崇正义，当他发现不义，即使对自己也是斩钉截铁。

吉姆和杰克组成团队一起工作一到两个月，他们白天形影不离，要么在寻觅那些稀罕的剧作原稿，要么在打高尔夫球。杰克比吉姆大十岁。

米歇琳很年轻，美貌惊人，一心扑在丈夫身上，照顾他的身体健康。杰克身体不佳，虽然外表看不出来。

吉姆慢慢发现这对夫妇并不常同房，而且同房之后杰克元气大伤，对妻子的态度甚至都变了。

他们活在永恒的"坦塔罗斯的折磨"[1]里，期望编辑作品集可以让自己暂时忘却这种煎熬。他们希望吉姆一直陪伴在他们身边，把他视为亲兄弟。

杰克和米歇琳两人非常相爱，但无法随心所欲地做爱，无法经历那种变幻的甜蜜风暴。起初，吉姆总给他们制造独处的机会，不待他们要求就会给他们预订相连的卧铺车厢铺位，然后他发现了问题，就开始帮他们对抗他们自己的欲望。在旅途中的某些晚上，他们需要讨论工作时，他会和杰克住一个房间。

---

1 坦塔罗斯是希腊神话中主神宙斯之子，起初甚得众神的宠爱，后来变得骄傲自大，侮辱众神，因此被打入地狱，永远受着痛苦的折磨，身边虽有池水和果实，可当他口渴想喝水时，池水便从眼前退去；当他饥饿想摘果实时，果实便会离他远去。后遂以"坦塔罗斯的折磨"喻指能看到目标却永远达不到目标的痛苦。

他的这两位朋友把他带往哪里呢？……威尼斯。

在淡季的威尼斯，白昼变短的威尼斯，没有凯特的威尼斯，吉姆很忧伤。

杰克对他说："如果您有位迷人的女伴，为什么不邀请她来加入我们呢？四个人比三个人更好。"

"肯定的。"米歇琳附和道，露出默契的微笑。

吉姆差点要给凯特发电报叫她来威尼斯，转念一想，他和凯特的卿卿我我有时甚至会引得路人侧目，很可能会对杰克与米歇琳脆弱的亲密关系造成打击。他克制住了自己的冲动。

他们在威尼斯住的顶级酒店门槛极高，吉姆和凯特当初都没能进去喝杯咖啡。处在这些身着礼服、袒胸露背的盎格鲁－撒克逊女人中间，凯特会是什么反应？他仿佛看到她也在这里，她的双肩和米歇琳的双肩都是最美丽的，她的仪态和米歇琳的一样无可挑剔，而且，她的魅力令人不得不对她注目。

吉姆想叫儒尔来，杰克和米歇琳也会喜欢他，但是儒尔在这种奢侈和热闹的气氛里不会开心。

威尼斯像卧铺车厢一样让杰克和米歇琳太过接近彼此，杰克因此十分痛苦和抑郁，反过来也令米歇琳很难过。吉姆都看在眼里，他也明白，他和杰克其实处在相同的境况里，或许所有男人都是这样：他们都是稻草，被所爱的女人炽热的美丽点燃。吉姆自己就无法和凯特亲密相处超过数月，他会精疲力竭，不由自主地退缩，进而引发灾难；隔一段时间见一次面会比较幸福。而对杰克和米歇琳来说，一小时的分离就已经太长。

吉姆看着这对互相爱慕的人，他们的差异之大超过他与凯特。他通过观察他们更懂得了自己和凯特。

他们乘汽车一路南下到了罗马，途中搜集了一些珍贵的手稿。他们很喜欢万神殿穹顶的圆洞和维拉城里不可思议的流动泉水。米歇琳在维拉城的时候对杰克格外温柔。

他们回到巴黎，吉姆想要让凯特和杰克认识。他打听德文手稿的情况，找到了去柏林待几天的借口。米歇琳留在巴黎给一个画家当模特儿。

吉姆在一个安静的馆子订了午餐，让杰克和凯特碰面。会面很成功。他们两人彼此都很感兴趣，而且说话时都没有打断对方（这在两人身上都是不常见的）。他们坚持己见地讨论各种话题，但总是轻松愉快，当他们对某件事意见一致时都颇感意外，开怀大笑。谈到生活中的策略时，他们看法一致：如果不得不战斗，必须出其不意抢先出击，而且一击到底。要比慷慨更慷慨，要鞭挞平庸，铲除小人。他们在彼此的要求之下举例说明。吉姆在一边听得津津有味，他不禁自问到底是什么原因使这两人看上他，把他当朋友。他也是他们这帮海盗中的一员吗？或者他只是一个看热闹的旁观者，幸运地得到了他们的眷顾？

凯特把他们带到她家，在起居室的桌上放着一本精装的某当代作家的作品。杰克打开书，在书的扉页上飞快地写下他对这本书的批评，然后签了名。他留下墨宝显然是为了表达友谊。他对凯特说："我在您的书上写了……"

"这不是我的书，我借来的。"

杰克大笑："真有意思……为什么您不阻止我呢？"

"因为您已经动了笔……"

凯特告诉吉姆："如果我年轻时碰到杰克，会对他很有好感。"

杰克也对吉姆说了同样的话。

吉姆自问："为什么这让我感到如此开心？"

在他们的火车开动时，凯特从车门递给他们一人一朵她捧在手里的兰花。杰克一直留着这朵花，即将到达巴黎时，他把花给了吉姆，因为不想引起米歇琳的疑心。

他们欣赏了米歇琳的肖像画，画里的她有种"是为了杰克才这么做"的表情。她竟然在画家面前显出这种神情，这令杰克颇为不悦。

然后他们走了。

吉姆到美国出差五个月，他和凯特保持通信，十分顺畅。他和几个以往调过情的女人见了面，若想再找一两个也不难，但他始终对凯特保持了忠贞，希望她也能如此。

5　幸福的房间

　　吉姆和凯特再次相见是在巴黎。她搬到巴黎来想试一试做职业画家和插画师，像儒尔一样赚钱养家。她孤身一人租住着一个房间。她对此事相当认真，一方面有些埋怨吉姆，一方面又感谢他，因为当初是他怂恿她开始作画的。

　　吉姆喜欢她画的画，但有时看不懂，甚至感觉恼怒。

　　凯特简朴的生活和衣着以及有条不紊的工作方式令吉姆颇为感动和意外。她不再是那个被追求者团团包围的女王蜂，现在的她是一只工蜂。

　　重逢之初他们依旧有些矜持，然后又亲密起来。

　　凯特搬到了离吉姆母亲的家不远的地方，吉姆在他母亲家有自己的书房和卧室，但大部分时候他在凯特那儿过夜。

吉姆带凯特去见过一些优雅的巴黎名媛。她常穿着朴素的黑色连衣裙，吉姆觉得挺好看，但在巴黎女人眼里有种外省的土气。凯特很快变得打扮入时，吉姆觉得可惜。

她终于和他定居在同一个城市，跟他一样工作。这是个崭新的阶段，新的美好和危险并存。此前他们一直在度假的场景里相处，如今他们各自的工作和时间的分配有了冲突。

他们去了塞纳河畔凯特跳河之处，故地重游了一回。

每周日，他们到巴黎附近地区探寻乡村房屋，为自己和即将来到的家人找个落脚之处。好几次吉姆感觉碰到了理想的房子，凯特却凭着直觉否定了，最后还是她找到了适合大家夏天居住的地方。

家人都到了巴黎，快快乐乐，身体健康。凯特很快就把他们安置妥当，一起又过上了幸福日子。儒尔从事翻译，是需要持续投入精力的工作，经常请吉姆协助。

吉姆把和巴黎朋友圈子的社交频率降至最低。然而，某天早上刚起床，他就和凯特大吵了一架。她说他敷衍了事，心猿意马，对她不专注。两人因各自的工作心烦意乱，因此都提出分开独处一下，持续时间不过几个小时。

他们住的房子里有一个撞球桌，晚饭后他们经常和儒尔玩撞球比赛，儒尔玩起来特别好笑。凯特给两个女儿上钢琴课，也教吉姆弹琴，但吉姆的演奏永远像"咔咔作响的肉铺绞肉机"一样。

凯特借给吉姆一个中式金戒指，造型是一条盘龙。某天晚上，她对他说："我也借给阿尔伯特戴过。"

吉姆正把玩着那个戒指，听了这话使劲把它捏扁了。凯特见状十分开心，把压得变了形的戒指收了起来。吉姆后来找人修复了它，凯特重新把它戴在手上。

凯特又找到一个供暖较好的房子过冬，一共三层楼，带花园。他们住上面两层，儒尔住二楼的大工作室兼起居室，有张实木大长桌，上面放着他那些厚厚的字典和一沓沓的手稿。他总是早起，在工作室一待就是一天，一到晚上眼皮就打架，央求凯特让他回房睡觉，把她惹得很生气。

房子里的家具保养得很好，但风格陈旧，房间都不大，儒尔的工作室和凯特的卧室除外。

凯特的卧室里的家具是橡木雕的，有些部分显出蜂蜜似的浅黄色。床有四个床柱，床顶也是橡木的。上了蜡的地板上随处放着若干小地毯。推开一扇窗，可以看见一棵弯曲的泡桐树。吉姆经常横躺在床上，头悬在床沿，望着窗外泡桐树的叶子。

这一切完全不符合他们的品位，但住了两个星期之后，这个房间开始被叫作"幸福的房间"，因为吉姆和凯特在这里住得很舒服，每个晚上都睡得很香。窗外秋日的夕阳染红了橡木衣橱。

玛蒂尔德从来不曾离开过德国，但她吃惊地发现自己轻易就适应了法国的生活方式。她说，在法国可以随意撒谎，而且措辞比较夸张，不过一旦把握了尺度，一点儿也不觉得难堪。她喜欢很多城里人，但不喜欢他们的口若悬河。她和小女孩们睡同一个房间，就在凯特隔壁。儒尔睡在工作间里的一张沙发床上。

他们在这里住得很安稳，要住上两年多。"幸福的房间"名副其实，幸福持续了二十个月，算是很长时间了。凯特身上散发出的蜂蜜香味和旧橡木的蜂蜜色很相配。那些整晚的安眠都是天赐的福气。

女孩们很快学会了法文，而且成绩出色。

还有什么能滋生矛盾吗？他们似乎都缓和了。

吉姆的母亲外出旅行了，吉姆便带凯特到他的那一半公寓里去玩一天。看着凯特站在这个圣殿似的空间里，被他母亲的气息笼罩着，吉姆感觉很怪。他母亲强烈反对他和凯特一起生活。

他母亲和凯特的个性一样强烈，比如她们都很独立和专制。但是他母亲的婚姻生活只有短短两年，此后就一直活在对他父亲的记忆里，终生不渝。她在这间公寓里生活，以书为伴，以沉思为乐，接待来访的朋友。她认为吉姆脆弱且三心二意。

吉姆和凯特只是从他母亲的房间和客厅穿过，并未驻足。

有一晚他们去音乐厅，节目表演到一半的时候，凯特说：“你在这别动。里面太热了，我要到外面去透一会儿气。”

她很久都不回来，吉姆有些担心，此时一个领座员过来找他，对他说：

“先生，有人要您过去一趟。”

"谁？"

"事关您的夫人。"

吉姆跟着领座员走出去，走过长长的铺着厚地毯的走廊，如果脚步拖沓就会擦出静电的火花。他看到凯特躺在地上，脸上淌着血，额头一道很长的伤口。他以为她死了，被人杀了，谁干的？

旁边一个男人突然开口说话，他刚才没注意到这个人。

"我是值班医生。您夫人应该是昏过去了，脸朝前倒下来，撞到了暖气炉。我检查了伤口，看起来不太深，但还是得送到医院去。她刚才醒过来了，跟我们说了您的座位和您的姓名。"

吉姆想抱起凯特，但他的心脏承受不住。一个矮壮的置景工把她抱在怀里，像抱着个大娃娃，一直抱到出租车上，每走一步都有鲜血滴下来。

"一眨眼的工夫，"吉姆心想，"就像她上次在火车头前一样……打扮精致、金色卷发的凯特瞬间血肉模糊。"

置景工谢绝了吉姆给的小费，祝他们好运。

出租车把他们送到波戎医院，凯特被运到急诊室，放在手术台上。

值班的住院实习医生说："没有骨折，连鼻骨都没断。只有额头上的裂口很大，我们会缝合起来。出点血没事。请您出去等，先生。"

吉姆在门口等着，半个小时后门打开了。他听到有人说："给她满满一杯格罗格酒……如果她可以在家里自己换药的话就可以出院了。"

凯特摇摇晃晃地走了出来，头上包着一大圈棉花，脸上绑着两条交叉的绷带，双眼睁着，毫无损伤。

在出租车里，棉花圈下面传来懊丧的声音：

"不会毁容……不会毁容的……他们说的……医生说的……不过可能会很丑！"

吉姆倒没有考虑这个……只要她活着就好！他大笑起来，亲吻了一下那颗棉花包裹的头，被绷带包着的凯特也笑了一下，同时抽泣起来。

凯特怎么会这样笨重地栽倒？她举手投足都那么灵巧，她可是个动作精准的舞者啊！

吉姆学会了换绷带。雪白的棉花头套在凯特头上一点也不难看。肿胀的伤口慢慢消了下去。两个月之后，只留下一道灰白的刀口似的疤痕和一段奇怪的回忆，混合了俄国芭蕾和侦探小说。

春天的时候，为了享受海滩，凯特和吉姆去奥莱龙岛玩了一个星期。

他们住在一个光秃秃的谷仓里，睡的是一张双人床，床板凹陷，上面铺着三层草垫，床头装饰着一个粗糙的木制大十字架。他们跑遍了整个岛，还是回到了这个比较有野趣的角落。

一个有雾的晚上，凯特还想去海里游泳，这天的海潮并不凶猛。

吉姆不喜欢她在晚上游得太远，怕有急流。凯特答应他会很快回到原点。

吉姆在原地踱来踱去，手里拎着凯特的衬衫和裙子，渐渐不满她游的时间太长。

毫无疑问凯特在水里特别快乐。但她是不是故意要让爱她的人担心，看到他们心急如焚她才高兴？——这招对儒尔总是管用，如果是儒尔，他肯定开始呼唤她了，但是对吉姆，她不应该使这招，因为他一贯支持她的任何古怪想法。雾越来越浓，天完全黑了。他不由得想象她在黑暗中游着游着失去了方向，精疲力竭地沉进海底。

时间已过去半个小时，吉姆想回村里向渔民求救——但是在这暗夜之中能做什么？

也许凯特爬上了礁石等待天亮？也许会在岸边发现她的尸体？开始退潮，吉姆跟着潮水的方向呼唤凯特，但他的声音被浪涛声掩盖。

他决定离开，朝森林的方向走了一百来步。"太愚蠢了！"他忍不住高声咒骂凯特。

此时他听到光脚踏在沙地上的声音，然后一阵叫骂声传来，是凯特的声音！

她走到他身旁，原来她早就游回来了，稍稍偏离了出发时的原点，在浓雾中看不见吉姆，于是和他相互错过了。她往森林方向走了一段寻找吉姆，而吉姆在她后方，面朝大海等待着她。她冻僵了，以为吉姆要捉弄她，让她光着身子回村里！

她跳上去勾住他的脖子不放手，到了第二天他们才笑得出来。

他们俩想去一趟朗德省看看银色海岸。

他们从巴黎坐夜车，黎明时到达阿卡雄盆地的一个小城。他们肚子饿了，碰到一个小贩在卖牡蛎，一堆堆的，小而多汁。他们吃了一打又一打，配上似乎酒劲不大的白葡萄酒。凯特口渴，一反常态，喝得比吉姆还多。

"别喝多了酒，凯特！"

"不用担心，吉姆！"

他们背着背包穿过城市的街道。凯特开始高声唱歌，歌声动听，却吵醒了还在安睡的人们。吉姆提醒她，她诚恳地谢谢他的告诫，但不一会儿又唱了起来。

他们到达边境，给关务员出示了一封介绍信。

"这位女士需不需要去扶手椅上休息一会儿？"关务员太太打开了整洁的卧室，问道。

凯特接受了她的建议。

吉姆与这对亲切的夫妇坐在饭厅交谈，聊了聊当地的情况。到了该出发的时间，关务员太太在房门上敲了好几次，没有回答。她决定开门进去，吉姆和关务员在后面跟着。她进了门，瞪大眼睛停下脚步。原来凯特把她的衣服叠好放在椅子上，光着身子钻进了床上的被子里，睡得正香。

他们没有叫醒她。关务员太太请凯特和吉姆吃了一顿愉快的午餐。凯特解释说她当时有点头晕，然后就不知道自己身处何方了。关务员夫妇为家乡的白葡萄酒如此有威力而感觉自豪。

凯特和吉姆继续漫游，踩着柔软的沙路，穿过叶片如锯齿般的冷杉林，来到两间歪斜的茅屋前，里面住着树脂采集工一大家子，其中一间茅屋是吉姆的一个朋友的，借给他们住。茅屋顶上有一些缝隙，可以透过缝隙望见几颗星星，但不会漏雨。

第二天他们去打猎，目标是迁徙途中的斑鸫。凯特学会了如何射击树上的斑鸫，被击中的鸟儿像熟透的李子掉下来。他们发现一起打猎很有趣，除了自己打到的野味，他们没有别的肉类可吃。

他们和树脂采集工一同去打斑尾林鸽。人躲在隐蔽的、盖着松枝的沙洞里，手拉着一根细绳，细绳的另一端捆着抓来的斑尾林鸽。鸽子被放在枝头，拉动绳子，鸟儿就会拍动翅膀，引来一群野鸽停在它们周围。只需一个手势，猎枪齐发。很快凯特和吉姆觉得这个方法未免太容易，宁愿守在沙滩上，用媒鸟引来雀鹰盘旋，然后开枪。虽然有时打不中，但至少是真正的打猎。

夜里气温低，他们用松枝生了一堆火，脱去衣物烤火取暖。

他们在高一百米的沙丘上跑来跑去，这沙丘很大一片，让人几乎可以假装身在撒哈拉。在海边，他们整天赤身裸体，轮流把对方埋在温热的沙里，在鼻孔处插两个纸做的小卷筒以便呼吸，有时候还让乳头露在沙子外面。他们用鸟的骸骨和漂流木在沙滩上盖了一座神殿。

他们觉得自己是亚当和夏娃。

他们在无边无际、分不清方向的森林里迷了路。徒劳地反向走了几个小时以后，不得不吹起树脂采集工为了以防万一给他们准备的号角（工人们自己是绝不会迷路的），他们出于礼貌把号角带上了。只不过，他们没学如何吹出正确的求救信号，只得瞎吹一通，吹到几欲断气。他们吹出的声音碰巧像是山火警报，人们从附近赶过来，以为他们搞恶作剧，准备把他们送进监狱。幸好树脂采集工们及时到来，救了他们。

两人回到家，在餐桌上讲述他们的冒险时，这一切都变成了乐子。他们给儒尔带了一根古怪的烟斗，给女孩们带了一些粉色的贝壳，黑色的贝壳给了玛蒂尔德。

一个阳光灿烂的早上，吉姆早早出门到花园里散步。在一根被虫蛀坏的木桩上，他瞥见发绿的小斑点，似乎正在改变形状。他凑近看，半球形，大小像猎枪的铅弹，慢慢展开，又紧紧地缩起来，如同一群小山鹑，时而散开，时而飞起。这是蜘蛛还是蚜虫？——有只小鸟在邻近的木桩处专心啄食，它会不会吃掉这个缩成球的东西？吉姆再靠近一点看。这小球散开了，然后消失在附近的霉菌里。谁在指挥？吉姆觉得感动，这让他想起他们一家人，全凭凯特的直觉在指挥。

两个小女孩和吉姆一起坐在草地上。

玛蒂娜说："你说，吉姆，人死了以后做什么呢？"

"她的意思是，"伊丽莎白解释说，"灵魂做什么呢？"

"它们离开身体，就像蝴蝶离开蛹壳。"吉姆说。

"是的，"玛蒂娜说，"蝴蝶会晾晒翅膀。"

吉姆继续说："它们与其他的灵魂会合，然后忽地一下溜走，像鳗鱼一样，跑去月亮上面。"

"它们去月亮上面做什么？"伊丽莎白问。

"它们思考，某天它们会飞往火星或者水星，或者其他星球。"

"我更喜欢它们变成动物。"玛蒂娜说。

"在地球上是可以的。灵魂接着消失在亿万颗星星之间，消失在银河里，和上帝玩捉迷藏。"

"灵魂会找到上帝吗？"玛蒂娜问。

"不一定，"吉姆说，"最重要的是玩。"

"是啊！"玛蒂娜说。

"不。"伊丽莎白说。

"那妈妈呢？"玛蒂娜问。

"妈妈总能找到你们。"吉姆说。

第二天，凯特举着一本刚出版的书，非常激动地说："终于有一个人大声说出了我默默埋在心里的想法：我们看到的天是一个空心的球，并不是很大。我们站立行走时，头朝球的中心；引力指向球的外部，将我们拉向脚下的坚硬地壳，整个空心球被包在这层地壳里。"

"这个壳有多厚呢？"吉姆问，"壳的外面有什么？"

"你去看看，吉姆。"凯特答，"壳的外面有什么？这可不是绅士该问的题目。"

大家都笑了。

时光流逝。幸福难以言说，日渐消耗，无法察觉。

吉姆送给凯特一辆小汽车，这算是件大事。车内装饰的是棕蓝格纹的苏格兰呢。凯特很快学会了开车。虽然是辆三座车，凯特却能把全家人都塞进去，带他们去野餐。她早上带着吉姆开到巴黎，晚上又带着他从巴黎开回来。这比班次又少又拥挤的有轨电车好多了。全家常常一起动手洗车，包括玛蒂尔德在内。他们把车当作一只忠诚的狗，给它编了一些夸张的故事。吉姆为小女孩们写了一个关于小汽车在路上跟着凯特并救了她一命的故事。

吉姆去了一趟希腊，故地重游让他思念儒尔。他没有再去看那个"古风式微笑"，何必呢？他已经拥有了微笑本尊。回程时，他打电话叫凯特来里维埃拉与他会合。她开了两天的车才到，对小车来说这趟损耗不小。他们悠哉游哉地开车回法国。轮到吉姆开车，结果在他手里车就坏了。凯特因此责备吉姆。修车需要很长时间，他们便在比利牛斯山区徒步玩了一趟。

在一个处于淡季、几乎没有游客的水城，凯特好奇地进了一个温泉浴池。吉姆也进去了，充满水汽的浴室里却吹着一股冷风，原来是一扇窗户坏了。

"没事的。"凯特颤抖着说，"我起初以为是故意留一扇窗，何况我从来不感冒。但是在我们国家，如果有护士让人在这里待上一刻钟就会受到处罚，因为病人真的会被冻死。"

他们一边等待，一边读某份乡村日报上连载过的一部佚名小说，从中摘录了一些句子。

小车修好了，他们重新上路。

他们路过卡尔卡松城，这里整修得面目全非，两人颇为感伤，但他们还是发现了一些非常纯净而美丽的角落。

　　路上也发生了些不愉快。吉姆觉得凯特有时对人比较粗鲁，就跟她说："不能伤害任何人。"

　　凯特顺着这句话就提起了吉贝尔特。

　　"怎么不能？在这世上如果想做任何事情，就得像外科医生一样预备好，然后及时动手。"

　　两人回到了巴黎。

　　儒尔听闻了他们之间发生的口角，就给他们讲了一个印度的故事。

　　"两个相爱的人饱受爱情和嫉妒的折磨。他们一起经历过最美好的幸福，而后双双毁了它。他们数次分开又复合，愈发爱恋对方，也愈发痛苦。几年之后他们彻底分了。男人的心碎了，希望在死前能再见女人一面。他到处寻找她，认为不管她身在何处，以她的美貌必定尽人皆知。他最终找到了她，她成了一个舞团的明星，过着轻浮的生活。他走近她，看着她，却无话可以对她说。眼泪从他的眼里流淌下来。他跟着舞团，看着他昔日的爱人为别人跳舞，对别人微笑。他对她没有任何责备，他对她唯一的要求就是允许他看着她——她对他说：'原来，你真的爱我！'"

　　他们一起评论了这个故事。凯特赞同，吉姆则想到

曼侬和葛利欧 [1]。

儒尔对凯特说："你的爱情准则是：在两个人的关系里，至少要有一个人是忠贞的。那个人是对方，不是你。"

他又说："爱一个人，就要爱他原本的样子。不要影响他，因为一旦成功，他就不是原来的他了。宁可放弃爱的这个人，也不要改变他，不管是出于同情还是出于控制欲。"

吉姆愿为凯特而死。苟活下去是一种冒犯。雄性蜘蛛明白，雌性蜘蛛也明白。

一旦发生一次冒犯，就会一而再再而三地冒犯。

---

1 法国古典小说《曼侬·雷斯戈》中的主人公，该书讲述了骑士葛利欧爱上美丽的曼侬并为其付出一切的爱情悲剧，被视为致命激情的典型例子。

6　保罗

连日的晴天已过去，暴风雨的季节到来了。不知为何，眼里还是风和日丽的景象，而这个月已经毁了，这个季节也毁了，或许这一年都毁了。

——《乡村日报》

吉姆开着小车，凯特坐在后面。她冷不丁说了一句影射吉贝尔特的话，吉姆没回应。吉姆开口说话，凯特则不回答。车子慢慢穿过布洛涅森林。吉姆以为凯特累了，以为她在想事。他不去干扰她的沉默，专心开车带她兜风。

他可以从反射镜里看到她，她往前探出身子，一把拿起吉姆的手杖。他察觉背后有种杀气越来越重。凯特

一甩手，在狭窄的车厢里使尽全力砸向他的耳朵，吉姆
预料到了她要打他，猛地低下头。他感觉自己流血了，
但一摸并没有。

他头发晕，抢过手杖，她松了手。

"唉！凯特！"他叹气。

她把他之前的不回应当作对她的羞辱，想逼他
开口。

"唉！"有一天，她对他说："什么时候你才会给我
一个完整的你，而不只是一些碎片？"

"唉！"吉姆答道，"什么时候你才能让我们的爱像
河水静静流淌，而不是像屠夫割肉一样猛地一刀？"

一个年轻男子出现在凯特的生活中，像一只从未见
过的大虫子掉在阳台上。

她把这事告诉了儒尔和吉姆。

她和玛蒂尔德一起上街买东西时遇到了这个男子。
他一直尾随她们，差不多一个小时，态度倒是彬彬有
礼，跟着她们进了一个又一个店铺，一有机会就看着她
和玛蒂尔德，也不说话。

第二次遇见他时凯特是一个人。他上前自我介绍，恭恭敬敬的，一点也不拘谨，明确表达想和她聊天。他的神情颇为认真，引得凯特有点好奇。她答应和他去糕点店里一起喝杯茶。他身材高大，得体文雅，钟情于建筑艺术。他觉得这世界有太多复杂而无用的东西，人们总在浪费时间。他希望世界更有秩序，更清晰，发现新的价值。他觉得是凯特的仪态、她的果决以及她的穿着打扮令他不由得想接近她。

儒尔和吉姆觉得他说得不错：凯特那种古风式的微笑包含着对当代的审判。

凯特与他又见了一面，再次报告给儒尔和吉姆。这个男子有一个年轻的妻子，又高又瘦，和他一样，但她并不赞同他的改革思想。他们是天体主义者，热爱游泳，没有小孩。

儒尔和吉姆听了之后觉得这个年轻人挺可爱，同时也预感到保罗（年轻人的名字）将成为凯特手中用于报复的一枚棋子。凯特已经累积了一些不满，一场雪崩即将来临。阿尔伯特和哈罗德的故事即将重演，最多有些小变化。

凯特慢慢引发了吉姆的不安。保罗说凯特腿部的线条是标志性的。他摸过了吗？

吉姆想认识保罗，听说保罗也想认识他。于是两人在一家咖啡馆见面了。凯特很自在，两个男人也不太尴尬。保罗完全就是凯特描述中的样子。他绝不刻意表现自我以引起注意，但是似乎很有可能学会凯特的行事方式，他的妻子和吉姆对此都不会太高兴——这很可能就在他们眼皮底下若无其事地发生。

吉姆打定了主意，要发生的事情就让它发生吧。他用他的心和双手围着凯特，画了一个圈，以防她不留神滑出去，但他不会筑起一道墙困住她。

儒尔心想："我们完全可能碰到更糟的情况。"

吉姆想到儒尔跟凯特说过的一句话："每到夏天，你就从我身边的朋友里挑出来一个当情人。"

而这一次，保罗是她自己找的。

这是儒尔和吉姆的错，他们没能满足她所需要的一切。

一天晚上，凯特和吉姆精心打扮，开着小车上城里吃饭。他们破例吃了辛辣的菜，喝了葡萄酒。

接下来他们去了赛车场，与保罗和他的女友见面，一起欣赏一个有名的黑人拳击手的比赛。他的对手是个健壮顽强的小个子英国人。这个黑人拳击手虽然拳技高超，却没能把对手打倒，只是击中几拳，观众很失望。

一起喝咖啡时，保罗的妻子显得很风趣，但像凯特形容的"比较保守"。凯特很主动。保罗表现得亲切，但矜持。

吉姆处于戒备状态，没有表现得如凯特所愿的那样殷勤，她想要一个无微不至服侍着她的骑士。

他们开着车，以最快的速度回到家，然后，照常在浴缸里共浴。

发生了什么？他们为什么受到惩罚？

是因为他们吃的口味刺激的晚餐？还是因为他们极为兴奋地观看了拳赛？

他从背后搂住她，像平日里一样轻轻将她的头往后掰，打算亲吻她。凯特不肯。是因为吉姆在强迫她，不问她的意愿擅自动手？凯特其实是不满四人晚餐时吉姆的态度，觉得他对她很粗暴，于是猛地推开吉姆。吉姆看到她的脸充满愤怒，表情狰狞。她抓起一个电熨斗朝他砸了过去。如果打起来，在这狭小的浴室里，两个人都会受伤。吉姆伸手用指尖在凯特的脸周一阵快速敲打，目的是在不让她受伤的情况下把她敲晕。凯特仰面向后倒下，倒在他们的"幸福的房间"里。吉姆被她拉着往前摔去，幸好他反应较快，跨过凯特的身体，一下扑倒在床上，用手捂住胸口。凯特看到这一幕很紧张，马上跑过去把他抱在怀里。两人都不再说话，心脏怦怦直跳，呼吸慢慢平静，渐渐地睡着了。

第二天，凯特一直躺在床上，吉姆也是。凯特的脸上基本没有什么伤痕。她告诉女儿是她自己摔了一跤，玛蒂尔德则盯着吉姆，将信将疑。

他们再次彻底陷入爱情的乱流，而这爱情的背上插着两支投枪：吉贝尔特和保罗。

吉姆从来没有停止跟吉贝尔特见面，凯特则继续跟保罗约会。

吉姆始终坚持着他的信条："吉贝尔特等于儒尔。这事不要再提，大家快乐就好。"但凯特又有了一个新的信条："吉贝尔特等于保罗。"

保罗对她来说到底算什么？吉姆反复问自己，但他并不想找到答案。自从上次吉姆找女演员过夜对她实施报复之后，凯特再也不对他吐露任何实情，却依旧为所欲为。她骗人的本事十分高明，吉姆也不曾质疑她。

凯特发现保罗的存在并没让吉姆心急：如果吉姆对保罗并不太在意，那么她跟保罗随便怎样都可以！

她需要尽可能小心地把握好分寸，避免令吉姆产生过多的疑心。

吉姆想："我们在这个家里多么幸福，假如她不明白，我们之间就算了！如果她要的是不停地折腾，我可没法再忍受了。"

某天晚上，吉姆把手伸到凯特的头后，在床垫和床头之间，他摸到一个冰凉的东西。原来是吉姆的左轮手枪。他什么也没说，把它藏了起来。

儒尔永远不会反击，因此凯特从来不想去攻击他。他安安稳稳，凯特恰恰不屑于此。

凯特想搬回巴黎，租个公寓，一来为了两个女儿的学业，二来方便她的工作。她找到了一间公寓。吉姆预感到他们的幸福将会愈来愈少。他甚至考虑离开，到美国去，但他的工作重心在巴黎，加上凯特信心满满，他就听从了。

他们挥别了"幸福的房间"。自从保罗出现，它就有些名不副实了。

为了给新住所添置家具，他们把岛上的房子卖了。全家人都喜欢那栋房子，但只有凯特亲眼见过那栋房子。它那么遥远，何况他们哪有时间去住呢？

保罗包揽了新公寓的室内设计，既认真，又有趣，每一个房间的四面墙上都刷了不同的颜色，色彩的选择恰到好处。

7 裂隙

剪刀、折叠小刀、眼镜在某天突然不见了，它们能听到你的呼唤，想回答："我在这儿！"可是办不到。

——《乡村日报》

他们在巴黎的公寓里生活了两年多。

儒尔在自己家乡任了一个职，所以只是定期过来看看。儒尔可是他们的守护天使，他不在这里。

凯特和吉姆不再用激烈的争斗即时清算彼此之间的矛盾，未了的症结愈积愈重。他们对吉贝尔特的看法完全相左，无法妥协。

凯特的住处离吉姆的家只有三分钟的脚程，离吉贝尔特的家五分钟。吉姆待在吉贝尔特那边的时间比以前明显更长。距离如此之近，成了凯特心头的一根刺。两个女人之间是一场暗战。

凯特带吉姆去拉芒什城看一栋避暑的房子。他们白天出发，到达时天已经黑了。天下着雨，车头灯坏了。

他们想把车子倒进一个谷仓车库，但怎么都进不去。他们点燃火柴照明，用手推车，还是失败。他们像研究棋局一样使劲分析原因，以为是超自然的力量或者邪灵的干扰。他们趴在地上寻找障碍物，也许是砖头或者墙角石，可什么都没找到。他们气恼、沮丧，饿着肚子上床躺下，讨论这件事，回想起小时候经历过的类似的怪事及其离奇的结局。他们觉得受到了某种纠缠，甚至担心这是凶兆。

第二天他们很晚才起床，跑去看他们的车，原来是屋架上的一根梁塌了一半，掉下来悬在车库入口的一角，阻碍了车的进入。他们前一晚没有想到检查入口上方。

儒尔和孩子们以及玛蒂尔德都来和他们会合了。美好的生活又开始了。第一个早上，吉姆做了各种运动，还和玛蒂尔德打了一场羽毛球，以花园篱笆为界，来回三百下，没有一次失误。

午餐时凯特收到一封电报，她得赶回巴黎一天。

"我要走了。"她对吉姆说——这话的意思基本上是"我们一起走"。

"哦，"吉姆回答，他疲倦不堪，正准备睡觉，"非要我跟你一起去吗？"

"哎呀！"说完他立刻意识到自己犯了一个极大的错误。

"算了！"凯特说，"我带儒尔和玛蒂尔德去，如果他们想去的话。"

他们俩很高兴可以坐凯特的车，这种机会不常有。

吉姆知道自己完全错了。

他一个人和两个小女孩，玛蒂娜和伊丽莎白，一起过了两天。他带她们去了大池塘旁边的小咖啡店，露台上有两个小圆桌，他们在露台上喝了开胃酒，其实就是巴旦杏仁糖水。女孩们观察池塘里的鸭子，批评粗鲁的公鸡。她们相互讨论，吉姆在一旁听着，发现她们的想法有时候像儒尔，有时候像凯特。他不觉得无聊，却还是有些担心。

另外三个人开开心心地回来了，亲密无间，凯特强调说他们三人是一个联盟。

不一会儿，她问吉姆是否打算照常在秋天去乡下探望吉贝尔特。吉姆回答说是，她便撵他走，而他们的海边度假才刚刚开始。

其他人并不清楚他们争吵什么，只是模模糊糊地觉得吉姆不顺从他们的女王的意思，那么他走是应该的。

对吉姆来说，这一次他们的关系出现了真正的裂痕。

吉贝尔特知道凯特的存在。她当时痛快地同意让吉姆为了生孩子与凯特结婚，她没插手。但他们没能有孩子，她便重新燃起了希望。她很不快乐。

吉姆也一样。他不能抛弃吉贝尔特。他自己都觉得自己可鄙。从一开始他就跟凯特说过，但凯特性子烈，从来没有接受过。他觉得，他原本怀着好意，堂堂正正，绝不会把属于一个女人的再给另外一个女人，然而面对吉贝尔特的痛苦和凯特的愤怒，他的安排彻底失败了。虽然他还没有完全对自己的设想失去信心，但他已不太相信它能有实现的一天。

他对凯特的爱像一颗绚烂的彗星在他的生命中划

过。有时候他觉得这份爱像一只风筝，被游丝一般的线牵着。他仍以为"这一切都会解决的"。他的母亲对吉贝尔特和凯特有所了解，对他说："什么都解决不了，一切都会付出代价。"

凯特和吉姆渐渐彼此疏离，于是吉姆晚上总是去他母亲的公寓，常常在那里过夜，睡在他学生时代的床上。他处在中立的位置，既不和吉贝尔特在一起，也不和凯特在一起。

吉姆尊重他的母亲。从小，她便教他不要固执。母亲说可以就是可以，说不可以就是不可以。他很同情他年少时的朋友在试图说服父母这件事上浪费了太多时间。过了青春期之后，他母亲对他就再也没有任何影响力，即使有，也是起反作用，因为她秉持先验主义，而吉姆推崇试验探索。

母亲替他挑选的那些年轻女孩，他一个都不喜欢，也从未想过娶为妻子，而母亲也从不曾看上任何一个他会喜欢的女孩。母亲把家里的起居安排得灵活方便，永远对吉姆敞开大门，正是因为如此吉姆才一直单身。饭菜都是做好了端来，他们分开用餐，任何时间，只要想吃就有吃的。两人在各自的房间工作，经常互相串门，但也不会长时间打扰对方。

凯特在"她家"（不再是"我们家"）不拘礼节地招待来自家乡和法国的艺术家。吉姆觉得自己在那里有点多余，愈来愈少参加这些活动。只有在凯特独处时，他才会毫无保留地仰慕她。社交场合中的凯特在他眼里就没那么出色。

当他们偶尔一起入眠，他听见她的呼吸变成了缓慢悠长的嘘声，像风箱在一推一拉，他便心生怜悯和忧愁，因为他知道她醒了，被她自己纷乱的思绪所折磨。这一切只会引发两人冗长而无谓的交谈，一直到天亮，直到凯特突然发怒，想攻击他。

凯特买了一把小左轮手枪，藏在秘密的地方。她不再需要依赖吉姆的枪。

某天早上，天刚刚亮起来，他们又讨论了一回吉贝尔特，始终压低声音，怕吵醒女儿。凯特忽然从床上跳起来，冲向敞开的窗子，把一条腿伸出窗外，跨坐在小阳台上。吉姆看着全身赤裸的她，侧影美极了，而她凝望着空中和四层楼下的小院子。一个疯狂的想法出现在吉姆的脑子里，希望她跳下去……他肯定会跟着跳。

冰冷的空气使她平静下来，跑回床上。

春天让他们恢复了活力。他们再度温柔同眠，持续了差不多一个月，他们甚至又燃起了生个孩子的希望。凯特和儒尔已经再婚，如果生了孩子只能跟儒尔姓。"有什么关系？"吉姆想，"这不过是俗世的法律，而且儒尔肯定会同意的。"然而，凯特从小被中产阶级价值观熏陶（这一点不太容易看得出来），她很难下定决心。

吉姆与一个来自美国的朋友一起到法国南部旅行。他不停地想着这个孩子，想着凯特笔下画出来的样子：小小的脑袋上一头金色乱发，眼睛里透出严肃的神气。他再一次对凯特和这个孩子爱到不能自已，孩子的降生将打乱一切，同时解决一切。然而等他回来的时候，这个希望又飘逝了。

凯特说："等一切好转，我们会有一个属于我们的孩子。"

可是他们已经不再完全相信这个可能。

他们在爱与冷淡之间摇摆不定，越来越多的时候是冷淡。但当爱出现时，它所向披靡。

凯特曾说："爱仅在片刻。"但这片刻一再重来。

儒尔说："爱情是人对自己的一种惩罚。"

　　凯特不得不回国六周。本来吉姆说好了开车送她去，但他提前告诉她他只能去五天，她就一个人回去了。又是一道极大的裂痕。

　　她没有写信来，他也没有写信去。

　　他又一次认为走到了尽头。

　　不要任何契约和承诺，光凭着心中美好的爱情在一起，这样看似很妙。然而一旦稍有疑念，就会堕入深渊。

8 破碎

因爱而生的一点点愧疚，看似微乎其微，却长
成枝繁叶茂的橡树。

——《乡村日报》

吉姆好好地沉思了一番。他原本想给身边的人带来
快乐，却使他们陷入痛苦。诚然，这个世界需要先锋人
物，开拓崭新的人生道路，但他们应该谦逊，不自私自
利。他过去太轻浮放浪，从现在起，他必须一点一点地
减轻他所制造的痛苦。首先要偿还自己欠下的第一笔债，
那就是他对吉贝尔特所做的"白首偕老"的承诺。这承
诺一直在他心中，但没有设定期限，他可以无限制地拖
延，就像一张空头支票。因此，他必须答应娶吉贝尔特

为妻，如果她想结婚的话，并且在她期待的时候实现这个承诺。他已不再期望和凯特结婚。

在凯特借给他的一本小说里，他翻到她标记出来的一段话。一个女人在绮想里与同船的一个陌生男人共赴云雨。吉姆惊觉这段话正像凯特的告解。这就是凯特探索世界的方式，并且进行各种实践。吉姆也会对萍水相逢的女人有这样转瞬即逝的好奇心，可能每个人都有。但是为了凯特，他控制住了自己的好奇心。然而他不太确信凯特能为他做到。

凯特已经回来好几天了，一直都没有找他。这更坚定了吉姆的决心。当她终于打电话来的时候，态度颇为冷淡。吉姆趁此机会告诉她他打算跟吉贝尔特结婚，也是为了让凯特安心。

当时他们一起在车里，凯特在开车。一开始她假装没有听见，然后她突然猛地调转车头，偏离行驶方向。吉姆急忙抓住方向盘。她说："既然你有了这个打算，就得执行。哪怕你想改变主意，我也会逼你完成。"

吉姆说吉贝尔特并不想马上改变生活状态——他以为凯特会出言讽刺，会出手打人，或者会甩下他离去。但是她没有。

不久前，她对他声明："现在我没有那么爱你了……"这句话比"现在我已经不爱你了"几乎更糟。

不管从短期还是长期来看，他们已经没有未来。凯特像走钢丝一般做了各种无可挽回的事，她以为自己没有对吉姆造成任何伤害。现在轮到吉姆这样做时，却一击即中。

他们惊慌失措，寻找庇护，但找不到，出于习惯，他们再一次躲进对方的怀抱里求得庇护。就像被判死刑的人，本该死去，却又一次得到缓刑。

夜里，凯特在半梦半醒中高声地说："吉贝尔特并不想马上改变生活状态。"

凯特千方百计要见吉贝尔特，不管吉姆是否同意让她们见面。她不断给吉贝尔特写信，起先语气很平静，然后越来越激动，言辞之间混杂着坦率和嘲讽。

吉姆由着她去。

他想："不管她们俩决定怎么做，我都会照她们的意思去办，哪怕是三人一起会面，两个世界的冲突——只希望她们彼此容忍，就像儒尔和我，从此以后，希望她们其中一个开心的时候，我不必再对另一个感到愧疚！"

夜里，吉姆反复想象着他们的会面。每一次想象的场景都不一样。有时她们联合起来对付他；有时她们彼此注视一番，然后理解、接受了对方；有时凯特攻击吉贝尔特，吉贝尔特则进行反击。

吉姆做了一个梦：她们俩像两团大大的乌云，彼此交会，放出闪电；又像两条水蛇缓缓游动，到底是什么策略，吉姆猜不透。

吉贝尔特回了一封措辞沉稳的信给凯特：她永远不会跟她见面，不想给她的痛苦配上一张具体的面孔。

凯特晚上回家时看到了这封信，读完后马上跳上车。

吉姆在自己家里，已经快睡着，他好像听到远处传来熟悉的汽车喇叭声，这是凯特在有节奏地按喇叭叫他。

他跑到阳台上，一开始什么也看不见，慢慢地他望见了凯特的车，先是在平地上行驶，穿过树丛沿着车行道开，然后在无人的广场上晃悠，一会儿又开上安全岛，剐蹭着长椅和路灯，像一匹无人驾驭的马，像一艘幽灵船。

他挥着手臂用尽力气喊她，无果。她拐上一条大街，离开了。

对面的出租车站没有一辆车可以让他搭乘去追赶她。

第二天凯特对这事只字不提。

儒尔来巴黎住了两天，凯特和吉姆分别对他倾诉了自己的焦虑。他想起自己为爱疯狂的那些日子。他没有进行评判。

他在八楼有一个大房间，但凯特坚持要他睡她的房间，就在他们两个女儿的卧室旁边，而她和吉姆一起住酒店。

他们俩暂时忘记了一切，平心静气。他们没有使唤酒店的服务生，只吃了吉姆口袋里带来的两个小面包。

然而这最后的爱情堡垒也被攻破了。

凯特的一位女性朋友来了巴黎，经常来拜访她。这人是医生兼弗洛伊德信徒，喜欢打听。凯特和她推心置腹，把自己和吉姆的私密事都告诉了她，吉姆对此非常反感。这个朋友对凯特说："不能这样下去，这样吉姆的影响力会越来越大。得改变一点。"

凯特对吉姆说了，改变了女医生说的那一点，其实他们自己没有意识到，那一点很关键，至少对吉姆来说如此。因而在吉姆并非故意的情况下，两人的关系随着这个变化名存实亡了。

　　两人的共同体破碎了，如同碎裂成两半的月球，表面看还是完整的，绕着地球自转，两块仍然连在一起，但稍有一点碰撞就会完全解体。

　　吉姆看到维莱特[1]的一幅画，画的是一个酒鬼，举着空酒瓶砸向他年轻漂亮的妻子。画上写着一行字："毁灭爱情并非易事。"

　　"是啊！"吉姆叹息道，"太难了！……也许办不到？"

　　他回忆起一出中国戏剧，当幕布拉开，皇帝向观众坦承："你们看，我是最不幸的男人，因为我有两个老婆：大老婆和小老婆。"

　　他也可以这样说。

　　与此同时，他感觉这痛苦是多余的，是旧时代的残余，与爱情本身毫无关系。

1　Adolphe Léon Willette，1857—1926，法国画家、插画师、讽刺漫画家和石版画家。

9 叮当作响的钥匙

"有二就有三。"

吉姆并不想再认识什么新面孔，但是拗不过有人要给介绍，勉强认识了一个沉静不语、皮肤白皙的年轻女孩，臀部看着像生育过。他感觉这个女孩被死亡的阴影所笼罩。她的名字叫米歇尔。

他后来继续和她见面。在她身旁，他暂时忘了另外两个女人的冲突，心绪平静。她向他诉说自己的人生经历，他也诉说了他的。都是那样动荡，错综复杂，就像他们的掌纹。他们都拿出童年的照片与对方分享。

她有一个书架，上面满是古代的雕刻，她一一为他解说。

不，她并非因生病而将不久于人世，只不过她找不到活下去的理由。

他常常去她家跟她见面。

三个月后，吉姆的母亲去世，临终前备受病痛折磨。吉姆陪伴母亲度过了最后几周。

弥留之际，他母亲垂在床单上的食指微弱地动了一下，拒绝医生或看护为她打针。她不要没有知觉地死去。

吉姆按照母亲的意愿独自一人陪伴母亲的遗体。他回忆和母亲的共同生活，比以前更理解她了。他重读了她写的一本小书，书里记录的是吉姆童年的故事。

那他呢？他会有一个儿子吗？

吉贝尔特早上来看他的母亲。

凯特午饭以后来。

米歇尔晚上来。

她们三个都很安静，各有各的完美。吉姆觉得自己配不上她们任何一个。

吉贝尔特个性简单，凯特个性强烈。

吉姆好像听到米歇尔跟他的母亲说话——说什么呢？

一个念头闪过：米歇尔应该给他生一个儿子。这个孩子会给她活下去的力量。如果她死去，也会死得很满足。米歇尔的优缺点和他自己的完全不一样，并不会叠加，而是互补。他们两人生的孩子会比他们更优秀。吉贝尔特太脆弱，而凯特和他害了自己的孩子，尽管他们本意并非如此。米歇尔能够理解吉贝尔特吗？

他决定把这些想法都告诉米歇尔，问她愿不愿意要一个孩子。

他这么做了。

她回答："愿意。"

这事得告知凯特和吉贝尔特。

某天早晨，天气不错，醒来之后，吉姆跟凯特说他有重要的事要告诉她。女孩们和玛蒂尔德出门旅行去了。家里只有他们俩。两人躺在床上。

凯特一直以为米歇尔是吉姆艺术事务方面的工作伙伴，除此之外一无所知。

吉姆字斟句酌地说了他和米歇尔的事，以及他们想一起生个孩子，还有理由。

凯特平静地听着，听到最后，表情和蔼，赞叹似的说："多么美好的故事啊，吉姆！"

吉姆反应不过来。他对她永远捉摸不透！

凯特一动不动，两行泪水流了下来。

终于她开始爆发，低声说："那我呢？吉姆，我呢？我想生的孩子呢？你不想要他们，对吗？吉姆？"

"不，凯特，我想要，想到发疯！"

他眼睛也发酸。

凯特像一只惨遭折磨的羔羊。

"我们的孩子本来会很漂亮的，吉姆！"

她泣不成声。

吉姆真希望自己从来没有来到这世上。他艰难地深呼吸，就像凯特有时候在夜里那样。

"我是一个母亲，吉姆，首先我是一个母亲！"

他想到她那两个"唯一的女儿"。他还要继续谈谈他们之间致命的误解。

但她听不下去了，想着自己的心事。

她的脸变得惨白，双眼凹陷，变成蛇发魔女一般。

他们在彼此的眼里是杀死自己孩子的罪魁祸首。

凯特轻声说："你去死吧，吉姆，给我你的枪，我要杀了你，吉姆。"

吉姆想照她说的去做，了断一切。如果不这样他会鄙视自己。

她像疯了一样反反复复要他给她那把枪，看他迟迟不给，觉得很诧异。

她坐起来看着吉姆，看他犹豫不决。

"你这个懦夫，你害怕，现在是时候了！"

她看出来吉姆不愿意。她跳下床，飞奔到家门口，用钥匙反锁了大门，然后把钥匙从窗口扔了出去。他们听见钥匙落在院子砖石地上叮当一响。

她便走向她的写字台，她的手枪大概藏在那里。

吉姆猜到了，拦住她。她变得狂怒可怖，吉姆很害怕，现在他是跟一个疯子关在一起。她朝吉姆扑了过来，用指甲抓，用牙齿咬，一切手段都使上。

吉姆抓住她的一只手，她很轻易地挣脱了。她手指的力气此时比吉姆大得多，差点把他的手扭折了。她的眼泪比她的拳头更难对付。

她跳到他身上。

他非常不情愿地挥拳打中了她的下巴，力度不小。她被打得踉踉跄跄站不稳，他把她抱到了床上，用湿毛巾盖在她脸上。她清醒过来，嘟囔了几个字。这次暴力冲突就算过去了。

接下来的几个小时气氛沉重，凯特是正在恢复的受害者，吉姆则既是看护又是凶手。他们各自想着自己的事，不再交换彼此的想法。吉姆感觉空气都凝固了。

大门一直反锁着。

他们隔一会儿就打电话给凯特的好朋友，但是她不在家吃午饭。

每当凯特走近她的写字台，吉姆就盯住她，防备着。

两人一直僵持到黄昏。

她的好朋友终于回家了。他们求她过来，帮忙拾回丢到院子里的钥匙。

她来了，听说了事情的经过。

她对吉姆说："您是个罪犯，您同意的吧（吉姆扬起眉毛，不回答）。凯特非常克制冷静。你们的决裂会带来严重后果。"

凯特和吉姆都没有出声。吉姆感觉这个女人说决裂这个词的时候颇为得意。关她什么事，她来掺和什么？

那个朋友又说："凯特从昨天开始就没有吃东西，您可以去买点晚餐吗？"

"好。"吉姆说，"但我得把手枪带走。"

"枪不在这儿。"凯特说。

"你发誓？"吉姆很吃惊。

"我发誓。"

吉姆跑到写字台前，翻开盖子，打开两个抽屉，找到了枪，把它放进自己的口袋。凯特跑过来，他推开她。还要再打一场吗？——不，凯特露出微笑，意思是："呵，我有的是时间……"

他出去买了东西，带回来当晚餐。这是最后的晚餐吗？他们几乎不发一言，不紧不慢地吃。

吉姆告辞。他还像平时一样吻别她吗？——她把脸偏开，于是两人握手告别。

他等凯特打电话给他。

10　再次坠河

凯特发了一封电报给儒尔："需要你，速来。"

儒尔心生腻烦，一边抱怨一边上了火车，心想："凯特没说什么原因，肯定是因为吉姆。他们不能让我安静一点吗！"

他在车上睡着了。梦里，他看见一匹高大的栗色公马在疾速驰骋，一匹良种小母马赶上来与它齐头并进，有时公马在前，有时母马在前。它们不时停下来，互相嗅闻，乃至彼此啃咬，尥起蹶子互踢。然后它们又飞奔起来，在暗夜里，跃过一道又一道墙，墙越来越高，每次它们都恰好跳过。它们变得疲惫而消瘦，毛又长又密，鼻孔里呼出来的气闪着熊熊火光。

儒尔醒了，思考着："现在吉姆接受了凯特的自由，就像早前我不得不接受的那样……可凯特对此绝不会原谅……

"对凯特来说，吉姆这个男人容易得到，却很难守住。凯特的爱情归零时，吉姆的爱也一样归零；凯特的爱回升到最高点时，吉姆的也回升到最高点——可是我从来都不明白他们的爱怎么归零，又如何回升。

"为什么，被众多男人追求的凯特不顾一切地屈尊选择和我们俩在一起？……因为我们对她全心全意，就像对待女王一样，因为我们两人加在一起，给了她最至高无上的所谓'被爱'的感觉。"

他回忆起去露西家的火车上和吉姆玩多米诺骨牌。"假如露西当初接受了我，会变成什么样？我曾经滔滔不绝，为自己的才智而骄傲。露西那么富有智慧的一个女人，会跟凯特一样折磨我吗？

"她要是嫁给了我，会带来什么样的生活？我们会是怎样的夫妻？"儒尔眼前浮现出一个场景，自己老了，像露西的父亲一样老，在那栋白色大房子的花园里散步，露西挽着他的手臂，她也老了，向他投来和蔼的目光，端详着他。

太美了。

在想象中，他看到那座大房子，露西和吉姆结了婚，住在里面。他们有几个孩子。生活正常而甜蜜，所有人平静而快乐地工作，一切都一丝不苟，有条不紊，连吉姆也不例外。儒尔也在其中，被大家的爱包围着。

他随后又回忆起自己和欧蒂尔共度的唯一一晚，那是在她和吉姆分开之后，她某次来巴黎时发生的。

是她强迫了他，他最终放弃了抵抗。他像一个小孩看到圣诞树一样赞叹。他们从来没有那样大笑过。这样的一夜，对欧蒂尔来说一次已足够，而他也几乎心满意足。不过是露水情缘，儒尔告诉了吉姆。欧蒂尔则在咖啡店里绘声绘色地告诉了女伴们，她们听了对儒尔投来你知我知的眼色。

凯特，凯特，只有在她身上，儒尔才遇到了真正的爱，为了这份爱，他粉身碎骨。

儒尔一到，凯特就为她的事求他出主意，而他提出的建议连他自己也半信半疑。她求他打电话给吉姆约他来，三个人当天一起开车兜风。她不想让他们俩单独谈话。

吉姆答应了。

她到底有什么计划?

凯特把车开得极快,一路上多次失误,只是不易察觉。

儒尔坐在后座,像往常一样。有一种山雨欲来的气氛,就像那次在湖边散步然后碰到哈罗德。

他们来到巴黎郊外的塞纳河边。

凯特对儒尔说:"如果你想及时赶回巴黎和朋友吃晚饭,你可以在这个车站坐火车。"说着她在十字路口停下来。

儒尔下了车,来到车门边,她重重地吻了他。

接着她目光炯炯地对他说:"好好看着我们吧,儒尔!"

她发动车子,载着吉姆走了。她没有右转开上河边那条平整的大路,而是直走上了一座在修葺中的窄窄的桥。

吉姆准备问她:"你为什么往这儿开?"

但这一切对他来说无所谓。

儒尔看着他们。

桥面以及桥两侧的道路上都新铺了沥青。

桥的左边，中间一段大概有三十米没有护栏。再远处，一些工人在施工。

她紧贴着左边开，车轮刚好擦着人行道的边缘。吉姆起了疑心。

凯特把车转向右边，三十米没有护栏的那一段眼看就要过去了。

她猛地加速，向左急转，方向盘打到底。

车子冲上了人行道，先是一个轮子，紧接着另一个轮子都悬在了空中。

想倒退为时已晚，即使是吉姆在驾驶也无法挽回……更何况是凯特在把握着方向盘。

任何补救都没有用。干脆什么也不做了。凯特撒下的网已经收紧。毫无出路。吉姆疑心过种种危险，但绝对没有预料到这一手。

而且她陪着他一起死！

唉！所以她是爱他的？……那么他也爱她！

她转过脸来看了他一眼，眼神既亲密又狡黠，仿佛他们还有时间……仿佛他们即将踏上新的美好旅程。

这个眼神的意思是："吉姆，你看……这一次是我赢了。"

那一丝古风式微笑比任何时候都纯净。

她像倾倒独轮车一样让自己的车完全翻下桥去。

儒尔的一声惨叫把他们三人连成了火的三角。

每一秒都像拉长了一千倍。

一种奇妙的愉悦感蔓延开来。

眼前的景色不断旋转。吉姆觉得凯特像一尊红色的偶像，在他身边像磁铁一样吸引着他，他任由自己滑向华丽耀眼的她。阴影中，她的两侧各有一只蜷起来的巨大而发亮的蜘蛛……不……它动了……那是哈罗德的手。

11 焚化炉

当凯特对儒尔说"好好看着我们！"时，儒尔有种预感。当他发现桥的左边有一段缺少护栏，他十分焦灼。凯特再一次做好准备出击。她第一次向左偏时看得出有些胆怯，而第二次随着儒尔的一声惨叫，车子应声冲了出去，坠入河中。

凯特并没有抓住时间，而是抓住了一瞬。

儒尔还在期待吉姆从水中一跃而出，凯特像鳗鱼灵活地游到岸边……这一切又是为了吓他一大跳的恶作剧吧？

倾覆的小车像个盖子盖住了他们两人，扑通一声在塞纳河里溅出巨大水花。什么都没浮上来。

儒尔再也不用担心了，自从第一天认识凯特，他一直担心，一开始是担心她背叛他，后来背叛已成事实，他就担心她死掉。

凯特和吉姆葬身水中，居然没有纠缠在一起。他们不再互相纠缠，因而死去。

他们的遗体在一个被水淹没的小岛上找到了，挂在灌木丛里。

儒尔是唯一去殡仪馆给他们送葬的人。

他为什么爱他们呢？他们不做不休的行为践踏了一切，践踏了儒尔和他们自己。用凯特的话说，他们有种大胆的海盗气质。

为什么他们不生个孩子跟他姓呢？他很乐意。

他们什么也没有留下来。

而他，儒尔，他有两个女儿。

"已经发生的一切，"他对自己说，"前后两次坠河，第一次是为了警告我，也为了吸引吉姆；第二次是为了惩罚我们，为了结束，从头开始。"

他眼前再次浮现初见时的凯特，那时的她还没有尝过血的滋味；为赢得赛跑喊到"二"时就抢跑的活泼的凯特；大大方方、令人无法抗拒的凯特；严肃、不可战胜的凯特；伟大的凯特；会驾驶帆船的凯特；曾因他的投降而短暂放下防备的凯特；某天把他像奴隶一样绑在胜利战车上的凯特。

战争期间，凯特与他距离遥远却闪着光芒。当他第一次从战场休假……伪英雄彻底惨败。

他们名不副实的夫妻关系，被吉姆看了出来。但是他们两人毕竟生了一双女儿，这是吉姆不曾拥有的巨大幸福。

他和吉姆在相识的二十年间不曾有过任何冲突。他们求同存异，温和有礼。

这种关系在爱情里有可能吗？儒尔找不到一对能像他和吉姆这样接受彼此的伴侣。

吉姆从他身边抢走了露西和凯特，不，是儒尔把露西和凯特送给了吉姆，为了不失去她们，也因为她们那么美，值得交给他。

吉姆在她们身上汲取自信，她们也平静地从吉姆身上吸收养分，让儒尔得以好好欣赏她们。

凯特和吉姆把对彼此的崇拜推上了巅峰，而这种崇拜在平凡的生活里日渐损耗。

他们是因为喜欢争斗而争斗吗？不是。但他们生前闹得儒尔头晕直到恶心的地步。

儒尔顿时感觉如释重负。

灵车开到了焚化炉旁。

儒尔走进第二道大门。

吉姆的棺椁很大，比他个头还大。旁边凯特的棺椁小小的，像个珠宝匣。焚化炉的炉口吐着吞噬一切的火焰。他们被推进炉里，随着火焰飞扬。

一小时后，铁架被拉了出来，凯特的尸骨烧得发白，仍有一些形状。她像一个胜利的受刑者。火熄了，碎成灰。还剩一小块头骨，被银锤轻轻一敲就碎了。

轮到另一个受刑者，高大的吉姆。他的头骨也残留着形状。

骨灰被装进瓮里，存在墓园的格子里，封了起来。

儒尔一个人把他们的骨灰混在了一起。

凯特一直希望她的骨灰可以随风撒在高岗上。

但这不被允许。

（凯特的日记被找到了，日后或许能出版。）